이순신 밤에 쓴 일기

난중야록

❶

KB192739

이순신 탄생 480년 만에 공개되는 숨겨진 이야기

이순신 밤에 쓴 일기
난중야록 ①

이순신 15대 외손 **조강태** 편저

스타북스

글머리에

내가 이 이야기를 처음 접한 것은 국민(초등)학교에 들어가기도 전이다. 책의 이름은 야록(난중야록)인데 어머니가 혼인할 때 외가에서 가지고 오셨다. 내용은 난중일기에서는 밝힐 수 없었던 이순신 할아버지 일기 번외본 총 일곱 권이다. 이 일기에는 어느 문건에도 나와 있지 않은 거북선 제조과정, 사랑, 전쟁, 백성들의 삶 등 임진년부터 정유년까지 7년 전쟁의 숨은 이야기가 낱낱이 수록되어 있다.

나는 이순신 할아버지의 15대 외손이다. 그것을 증명하는 문건은 글 끝에 있는 제적등본과 가족관계증명서가 설명하고 있다.

자세히 설명하자면 종자 항렬을 쓰는 이자 종자 인자(이종인)의 외할아버지는 이순신 할아버지의 13대손이고, 열자 항렬의 이자 순자 열자(이순열)의 어머니는 14대손이다.

제적등본에 나와 있는 주소(염치면 백암리 359, 388번지)는 지금 아산 현충사 내부의 한곳이고 외할아버지 어머니 모두 그 주소지에서 태어나셨다. 1970년대 초 박정희 대통령이 현충사를 지금의 현충사로 재건축하며 현충사 안에 살던 외할아버지와 가족이 강제 철거당해 현충사 밖으로 이주하게 되었다.

일제강점기 때 고등학교(중학6년) 과정을 졸업한 어머니께서는 시집올 때 가지고 온 이 책 일곱 권을 양가죽으로 된 졸업증서(졸업장)로 감싸듯 하여 보관했는데 밤이면 책을 꺼내 등잔불을 밝히고 읽어주셨다. 그때 내 나이 일곱 살 전이다. 어머니가 유독 어린 내게 책을 읽어주신 대에는 내 집안의 복잡한 가정사로 어머니와 함께한 시간이 많아서다.

나이를 먹으면서 나는 글도 쓰고 그림을 그려 먹고사는 사람이 되었다. 고희古稀를 넘기고 보니 살아온 날보다 살날이 많지 않음에 나는 어머니에게 들었던 이야기를 글로 남기기로 마음먹었다. 특출 난 기억력을 지닌 나는 어머니가 읽어주신 난중야록 일곱 권의 내용을 자세히 기억하고 있다.

난중야록은 이순신 할아버지가 초안을 작성하고 이걸영(임단) 할머니가 옮겨 적은 7년 전쟁 일기 번외기록이다. 표지에 야록夜錄이라는 글씨가 써있는 것은 확실한데 무슨 야록인지는 모른다. 어머니가 보관하던 이 일곱 권의 책이 어떻게 분실됐는지도 알 수 없다.

이 글이 단순한 소설이 아닌 역사이고 그것을 알리기 위해 이 소설을 쓰게 되었다. 부디 이 이야기가 세상에 널리 알려져 잃어버린 일곱 권의 책과 어머님 졸업장을 찾기를 염원한다.

2025년 3월 어느 날

조강태

차례

글머리에 ———————————— oo5

귀선 ———— 임진년 5월 5일부터 5월 6일 ———— oII

출정 ———— 임진년 5월 7일부터 5월 8일 ———— o43

파랑 죽 ———— 임진년 5월 9일부터 5월 11일 ———— o7I

마늘 점 ———— 임진년 5월 12일부터 5월 16일 ———— IoI

모기 사냥 ———— 임진년 5월 17일부터 5월 25일 ———— I27

휘호 ———— 임진년 5월 26일부터 6월 4일 ———— I57

피붙이 ———— 임진년 6월 5일부터 6월 11일 ———— I85

그네 포 ———— 임진년 6월 12일부터 6월 25일 ———— 2o5

치마진 ———— 임진년 6월 26일부터 7월 20일 ———— 233

감수의 글(안철주) ———————————— 28I

편저자 제적 등본·가족관계증명서 ———— 284

하나

귀선
龜船

임진년 5월 5일부터

5월 6일까지

임진년
5월 5일

나(이순신)는 노을 지는 바닷가 가장자리에 서서 우뚝 선 귀선龜船을 바라보았다. 그 위용은 하늘을 찌를듯하였으나 아직 많은 문제점을 지니고 있었다.

나는 함경도 권관 시절 북방을 넘나드는 오랑캐를 상대로 적잖은 전투를 치렀지만, 바다에서의 전투경험은 전혀 없었다. 아니 이곳(전라좌수영)에 오기 전에는 바닷길을 오가는 배조차 탄 적이 없었다.

그도 그럴 것이 본가는 한양 건청동(現 회현동)이었고 외가는 충청도 아산(뱀밭)이었는데 외할아버지가 아산의 큰 지주여서 아버지도 자연스럽게 어머니를 따라 뱀밭으로 이주해 자리 잡으셨다.

아산을 뱀밭으로 불리게 된 연유에는 마을 전체에 뱀이 너무 많아 그렇게 불리게 된 것으로 알고 있다. 그러나 흉물인 뱀의 기름이 귀선의 등을 덮은 철갑의 녹을 방지하는 탁월한 효과가 있었으니 참으로 묘하다.

그러나 지금 나는 귀선의 철갑에 뱀의 기름을 덧칠하든, 돼지기름을 바르든 중요하지가 않았다.

내가 오늘 원균의 군관 권두수權斗壽에게서 원균이 전라좌수영으로 오고 있다는 소식을 접한 것은 동헌 대청에서 점심밥을 먹고 있을 때였다.

"이수사(이순신)님! 지금 원수사님께서 이곳으로 오고 계십니다. 현재 외적의 배가 부산 앞바다를 빼곡히 메우고 있어 이쪽으로 오지 않을 수가 없었습니다. 왜적의 수가 얼마나 많은지 이곳으로 오기도 쉽지가 않았습니다."

"원수사가 이곳으로? 경상우수영은 어찌하고!"

나는 밥 먹던 숟가락을 던지듯 밥상에 내려놓고 소리치며 대청에서 벌떡 일어났다.

"그, 그것이…"

권두수는 즉답을 피하고 말을 얼버무렸다.

"원수사 아니, 그쪽 근황을 알아야 내가 출정 여부를 결정할 것 아니냐?"

"원, 원수사께서 곧 이곳에 당도할 것입니다."

권두수가 목덜미에 흐르는 땀을 손바닥으로 쓸어내리며 머리를 조아렸다.

"왜적은 누가 막고? 설마 도망친 것이냐?"

"왜적의, 그 수가 워낙 많은지라, 모든 병사들이 남은 배에 옮겨 타고 이리로 오고 있습니다."

"남은 배라니? 맙소사! 그럼 경상우수영이 완전히 패해 이리 도망이라도 오고 있다는 말이냐?"

"경상좌수영과 부산관청의 벼슬아치들은 이미 보름 전에 다 도망갔습니다. 그나마 경상우수영이 지금껏 버틴 것은 원수사님의 지략 덕분입니다."

"변변히 싸워보지도 못하고 도망 온 것이 지략이냐!"

조정에서 임명하는 벼슬 외에 그 지방을 책임지고 있는 수장에게 그 지방 벼슬 임명권이 있다. 원균은 욕심이 많고 색을 탐했다. 자신에게 바치는 뇌물에 따라 벼슬의 높낮음이 정해졌고 적재적소 능력 따위는 그다지 중요하지 않았다. 돈은 없는데 작은 벼슬이라도 차지하고 싶었던 작자들은 색을 좋아하는 원균에게 마누라와 딸을 상납해서 벼슬을 꿰찼다. 그러니 적재적소에 제대로 된 사람이 배치될 리가 없었고 전쟁이 발발하니 도망치기 바빴다.

밖이 소란스러웠다.

내가 동헌 대청 디딤돌에 벗어놓은 신발을 신고 대청을 내려오자 뚱뚱한 체구의 원균이 여러 수장을 거느리고 어슬렁 거리며 대문을 지나 동헌 뜰에 들어섰다.

"아이고 이수사님 오정 진지 중이시라더니 뭐 이리 동헌 뜰까지 나오십니까?"

내가 원균과 마주치기 싫어 얼른 자리를 피하려던 것이었 는데 오히려 맞닥트리게 되니 원균이 크게 오해하였다.

"원수사께서 합세했으니 배와 장비를 점검하고 싸울 준비 를 해야지요."

나는 원균의 줄행랑을 책망했다.

"이수사님 내가 왜적이 경상우수영 쪽으로 오는 걸 보고 우리 배를 다 침몰시켰습니다. 왜적도 싸울 상대가 있어야 싸 울 것 아닙니까?"

말 끼를 못 알아듣는 건지, 자신이 경상우수영의 배를 침몰 시키고 도망 와 왜적이 전의를 상실했다는 도무지 알 수 없는 말을 지껄였다.

"전쟁하기 위해 장비 점검은 필수입니다."

나는 경상우수영의 배를 모두 침몰시키고 도망 와서도 배 침몰의 정당성을 말하는 그와 더는 말을 섞고 싶지 않아 동헌 밖으로 나왔다.

귀선은 아직 실전에 투입하기는 시기상조였다. 앞장서서

바다를 휘 가르며 그 위용을 뽐내기에는 충분하였으나 내부에서 포를 쏘거나 하는 전투에는 취약했다. 우리가 가지고 있는 대포의 크기도 상당하였으며 발포 때 그 소리가 엄청났다. 더군다나 사방이 막혀있는 귀선의 특성상 그 소리가 외부로 흩어지지 못했다. 그것을 고려하지 못하고 처음 포를 쐈을 때 포를 쐈던 여러 병사가 고막이 터지고 눈과 코 귓구멍에서 피를 쏟았다.

"이수사님 귀선 안에서 포를 쏘는 것은 불가능합니다. 그랬다가는 부하들 모두 귀머거리가 될 게 틀림없습니다."

귀선을 진두지휘할 전라좌수영 전부장前部將 배응록裵應祿이 말했다.

"무슨 방법이 없겠나?"

"방법이라면 각개 포방을 만들고 문을 달아 포 소리가 내부로 들어오는 것을 막으면 어느 정도 효과는 있겠지만 장담할 수는 없습니다."

배응록의 말대로 소리 차단은 별 효과가 없었다. 소리는 공간뿐 아니라 지반을 통해서도 느껴졌다. 포의 반동도 땅과는 또 달라서 포를 몇 번 쏘니 애써 만들었던 각개 포방마저 뿌리가 뽑히고 문이 부서졌다.

"일단 발포 훈련은 중단하고 다른 방법을 찾기로 한다."

그것이 불과 이십여 일 전이었다. 그런데 그 대비책을 세우기도 전에 왜적이 쳐들어왔다. 나는 이제부터 이 귀선을 어떻게 사용해야 할지 궁리해야만 했다. 그러나 단 한 번도 왜적을 상대로 아니, 그 누구와도 바다에서 싸워본 경험이 없는 나는 그저 궁리일 뿐이었다.

이 귀선을 만든 동기는 이이李珥(율곡栗谷) 덕분이었다.

나는 서른둘에 무과에 합격했다. 처음 발령받은 곳이 함경도 동구비보권관童仇非堡權官(종9품)이었는데 오랑캐들이 수시로 국경을 넘어와 양민을 해치고 노략질을 해서 하루도 편할 날이 없었다.

남쪽 바다는 왜놈들이 수시로 출몰했다.

이때 먼 친척 조카뻘 되는 이이는 이미 이조판서라는 육조를 책임지는 높은 벼슬에 있었다. 이이는 이십 대 때 불경에 심취하여 절에서 지내다가 스물아홉에 생원, 진사시험을 거쳐 장원급제한 뒤 이후 여덟 번이나 더 장원급제해 일찍이 이조판서라는 높은 벼슬자리에 올랐다.

이이는 이때 오랑캐와 왜적의 침략을 방어하기 위해 십만양병설을 주청했다.

"전하(선조) 오랑캐와 왜적이 지금은 양민을 해치고 노략질만을 일삼지만, 바늘도둑이 소도둑 된다고 놈들은 필시 전쟁을 일으킬 것이니 이를 미리 방지하기 위해서는 십만 군인을 양성해 대비해야 하옵니다.”

　그러나 임금을 비롯하여 조정에서는 이이의 주청을 무시했다. 뜻을 같이한다는 서애西厓(유성룡) 마저 이이의 십만양병설을 반대했다.

　이때 나는 함경도에서 오랑캐와 대립하고 있었기에 이이의 십만양병설에 대해 공감하고 이이가 어떤 이유에서 그와 같은 생각을 했는지 알고 싶었다.

　내가 그간 이이를 찾지 않은 것은 혹시나 내가 보직을 관장하는 이조판서 벼슬에 있는 이이에게 좋은 보직 청탁에 대한 오해를 살까 하는 두려움 때문이었다.

　“아저씨(이순신) 오랑캐나 왜놈들 모두 자원이 풍부하지 못합니다. 그에 반해 조선은 땅이 비옥하고 자원이 풍부합니다. 거기다 조선은 호전국이 아닙니다. 그들에게는 만만한 먹잇감일 뿐이지요.”

　이이는 오랑캐와 왜적에 대해 그렇게 설명했다.

　“조카(율곡 이이)님 조정에서 십만 양병을 반대하는 이유가 뭔가요?”

　나는 조정에서 반대하는 뜻을 조카 이이에게 직접 듣고 싶었다.

　“그들은 내가 반대파이니 일단 반대부터 하고 보는 것을 모르셨습니까? 사실은 재산 손실 때문이지요. 양반이 군인이 되는 건 아니고 자신들의 머슴이나 소작인들이 대리군代理軍으로 차출差出되면 경작은 누가 하겠습니까.”

“조카님 그런 이기적으로 나랏일을 해서는 안 되지요.”

“아저씨 지금 왜국은 긴 내전 중입니다. 그 중 도요토미 히데요시라는 장군이 있는데 그가 왜국을 통일시켜 권력을 잡을 것이 확실합니다. 일왕은 그저 왜국의 상징일 뿐 실권이 없습니다.”

“조카님께서는 왜국에 대해서도 일가견이 있으시군요.”

“왜국이 통일되면 그들은 조선으로 눈을 돌릴 것입니다.”

“그렇게 확신하는 이유라도 있는 겁니까?”

“아저씨 제가 조금 전에 얘기했듯이 그들에겐 비옥한 땅도 적고 자원도 부족합니다. 그러므로 서로 좋은 땅을 차지하기 위해 다시 내분이 일어날 확률이 높습니다. 도요토미 히데요시는 내분을 잠재우기 위해서 전쟁을 일으켜야 하고 그 상대는 조선입니다.”

“조카님 그럼 십만 양병이 시급하지 않습니까?”

“이미 십만 양병은 조정의 반대로 무산됐고 문제는 백병전에 뛰어난 그들을 어떻게 막느냐는 건데… 바다에서라면 배에 송곳을 꽂은 철갑을 씌운다면 백병전에서 크게 효과를 보지 않을까요?”

그런 얘기를 나눈 지 얼마 되지 않아 이이는 유명을 달리했고 나는 7년 뒤 서애(유성룡)의 천거로 전라좌수사(전라좌도수군 절도사)가 되었다. 나는 생전에 이이가 말한 송곳을 꽂은 철갑 배에 대한 말을 잊지 않았다.

나는 전라 좌수사가 되고 부임지에 도착하자마자 배 위에 어떻게 송곳을 꽂은 철갑을 씌울 것 인가에 대한 설계에 착수했다.

그때 전라도 나주목에 완성된 배(판옥선)에 철갑을 씌운 배가 있다 하여 찾아가 보았다. 그 철갑선은 말 그대로 판옥선에 얇은 송곳 철판을 씌운 것에 불과했다. 나는 그런 간단한 방법으로는 전쟁에 투입할 철갑선을 만들 수 없다는 결론에 도달했다.

일단 판옥선은 너무 커서 효율적이지 못했다. 철갑선은 전투의 선봉장에서 적의 기선을 제압하고 적들이 두려움을 느끼게 해 전투력을 상실케 하는 것이 목적이기 때문이다. 나는 철갑선을 어떤 크기에 어떤 모습으로 만들 것인지 생각했다.

그렇게 철갑선의 크기와 효율에 대해 고심하고 있을 때 저녁 밥상을 받았다. 그런데 국이 그동안 먹었던 국이 아니고 조금 특별한 맛이었다. 처음에는 닭국인 줄 알고 먹었는데 식감이 닭보다 좋았다. 닭고기의 약간 퍽퍽한 느낌보다 조금 더 쫄깃했다. 나는 밥상을 무르고 자리끼를 숭늉으로 준비하는 부엌 시종 질임質任의 딸 임단任丹에게 물었다.

"얘야 저녁 밥상에 올라왔던 탕 맛이 아주 기특하더구나."

"아! 나으리 그것이 새끼 거북이를 끓여 만든 국이어요."

"거북! 아니 그것이 거북이 탕이었더냐?"

"바다에 사는 거북이가 알을 낳을 때는 땅으로 올라와 낳는데 알에서 깨어나 바다로 가는 새끼 거북을 그냥 줍기만 하면 되어요."

"오호! 그렇게 기특한 맛을 볼 수가 있는 거였구나."

"앞으로 달포는 넉넉히 기특한 맛을 올리지요."

그때 난 특별한 생각을 했다.

"잡은 거북이는 어찌 보관하느냐?"

"바닷물을 담은 수통에 있습니다. 새끼 거북은 먹이만 제대로 주면 하루가 다르게 부쩍 자라지요"

수통은 돌과 모래로 만든 부분과 바닷물로 나뉘어있었고 그곳에는 많은 새끼 거북이 있었다. 작은 몸집의 새끼 거북이들은 작은 몸집에 비해 물속에서 날렵하게 움직였다. 그때 등에 조각을 만들어 붙인 듯한 여러 각의 무늬가 나의 시선을 사로잡았다. 그리고 철갑선과 연결해보았다.

"이거다! 거북의 모양으로 배를 만들고 철갑선의 뚜껑도 거북의 등처럼 조각을 내서 철갑을 씌우는 거야."

나는 그날 밤 바로 철갑선의 새로운 설계에 착수했다. 일단 철갑선의 크기를 판옥선의 반으로 줄이고 높이도 최대한 낮췄다. 외관도 거북이 모양으로 설계했다. 그리고 철갑선의 등을 통으로 씌우지 않고 두세 사람이 쉽게 들어 올릴 수 있는 크기로 쇳조각을 이어 붙이기로 했다.

다음날 목수들과 배의 모양을 거북의 모양으로 만들 수 있는지 타진했고 대장공들에게는 철갑선의 뚜껑을 조각으로 이어붙일 수 있는지 물어보았다

언제 어디서나 두 종류의 인간이 있다. 일단 안된다는 말을 먼저 하는 부정적인 부류와 된다는 긍정적인 부류다.

나는 아무리 실력이 뛰어나도 안된다는 말을 먼저 하는 부류는 지휘체계에서 제외했다. 언제나 부정적인 부류는 진행을 지연시키고 안 되는 쪽으로 이끌기 때문이다.

목수들의 기술이 얼마나 뛰어난지 새끼 거북을 한번 보고도 그 모습을 척척 재현해냈다.

문제는 철갑선의 뚜껑이었다. 조각을 내어 붙인다는 큰 틀은 만들었으나 그것을 어떻게 이어 붙이느냐였다. 조각이 한두 개일 때는 문제가 되지 않았지만, 철갑으로 완전히 덮었을 때는 그 무게를 어떻게 지탱해야 할지 배가 제대로 움직이기는 할지 난감했다.

게다가 송곳이 박힌 철판 뚜껑 때문에 조립이 잘못됐을 때

재조립 과정에서 여간 일이 번잡할 것이 아닐 것이다.

나는 새끼 거북을 집무실로 가져와 유심히 관찰했다. 어린 새끼 거북이라서 그런지 거북 등 안으로 얼굴을 숨기지 않았다.

다음 날 나는 거북을 가둬 놓은 수조에서 목수 대장 양충호梁种扃와 대장공 대장 허장대許葬對를 불렀다.

"거북이 모양대로 배를 건조하고 있지만, 문제는 뚜껑인데 저 거북이 모양 그대로 만들 수는 없단 말일세."

내가 거북 등을 가리키며 말했다.

"말씀드렸듯이 나무로 뚜껑을 만드는 것은 어렵지 않으나 문제는 철갑뚜껑입죠."

목수 대장 양충호가 거북 뚜껑의 각을 가리키며 말했다.

"철물로 거북 등을 재현하기는 쉽지만 여기 철물 위에 만들어야 하는 꼬챙이가 문제입죠."

양충호가 거북 등을 쉽게 만들 수 있다고 하자 철물로도 뚜껑은 쉽게 만들 수 있다며 대장공 대장 허장대가 목수 대장 양충호 실력에 뒤지지 않는다는 것을 은근히 과신했다.

"나는 두 사람이 거북이 등을 모양대로 만들지 못한다는 것이 아니고 어떻게 효율적으로 뚜껑을 씌우고 그 무게를 지탱하면서도 빠르게 움직일 수 있게 할 수가 있냐는 걸 묻는 걸세."

"글쎄 말입니다. 배라는 것이 계속 움직여야 하는지라 철갑의 무게를 지탱하려면 나무도 판옥선을 만드는 소나무보다 더 단단한 자작나무 같은 놈을 써야 하는데 단단한 놈은 무게도 상당합죠."

양충호가 은근히 힘들다는 표현을 내비쳤다.

"철갑도 꼬챙이가 없으면 좀 쉽겠지만 문제는 그 꼬챙이가 문제입죠."

양충호가 부정적으로 말하자 허장대도 맞장구를 쳤다.

"내가 두 사람을 부른 것은 안되는 것을 되게 하자는 거지 할 수 없다는 말을 듣자고 부른 게 아닐세. 두 사람이 못하겠다면 다른 곳에서 장인을 부르기로 하지."

"아, 아닙니다. 못하기는요 저희가 의논을 해서 해결책을 찾아보겠습니다."

대장공이나 목수나 관청의 일처럼 확실한 일은 없다. 내가 다른 사람에게 일거리를 돌린다고 하니 두 사람은 펄쩍 뛰며 손사래를 쳤다. 난 양충호와 허장대에게 잘 논의하라고 한 뒤 관저로 돌아와 대청에 누워 어떻게 하면 철갑선을 만들 수 있을까 눈을 감고 골똘히 생각해보았다.

"나으리 저녁 진지는 어디로 올릴까요?"

단이 다가와 저녁상을 어디로 올릴지 물었다.

"오늘도 거북탕이냐?"

내가 몸을 일으키며 물었다.

"물리셨습니까? 그러면 된장국으로 바꾸도록 하겠습니다."

"그게 아니고 거북탕을 거북이 모양이 나지 않게 잘게 찢으려면 손이 많이 가지 않을까 싶어서다."

"아직 새끼라 질기지 않아 그리 손이 많이 가지는 않습니다."

"그러하냐?"

"그래도 거북이라고 등뼈가 여간 단단하지가 않습니다."

"오! 거북이도 등뼈가 있느냐?"

"네, 등을 감싸고 있는 뚜껑이 삶으면 고기인데 그걸 발라내면 중간에 등뼈가 있습니다. 그런데 그 모양이 만들지 않은 작은 소쿠리를 닮았는데 여간 단단하지가 않습니다."

"그러하냐?"

"네, 얼마나 단단한지 뒤집어 실과 바늘로 소쿠리처럼 만들면 아주 예쁜 반짇고리가 될 것 같아 하나도 안 버리고 모두 모아두었습니다."

"새끼 거북이 뼈가 그리 단단하냐?"

"그럼요 딱딱한 뚜껑을 등에 달고 다니려면 얼마나 단단해야 하겠습니까?"

그때 난 뭔가 수수께끼를 푼 것 같았다.

"임단아 너 지금 가서 그 거북이 뼈를 몇 개만 가지고 오렴."

"진지는 어찌하시려고요."

"밥은 거북이 뼈부터 가지고 오고 챙겨라."

"다음부터는 쇤네를 부르실 때 임자는 빼고 단이라고 불러주시어요. 다들 그렇게 부르시어요."

"뭐? 그래! 그리하마."

거북 뼈는 옆에서 본 초가집 모양처럼 동그랬다.

그렇게 굴곡이 지면 웬만한 충격에는 부러지지 않을 것 같았다. 가운데 뼈가 길게 휘어 받치는 둥근 뼈와 연결됐는데 아주 흥미로웠다. 그리고 생각했다. 기왕 거북 모양으로 배를 만들기로 했으면 틀도 거북 모양으로 짤 것을 왜 생각지 못했는지 후회스러웠다.

다음날 난 양충호와 허장대에게 거북 뼈를 보여주며 말했다.

"이렇게 거북 뼈 모양으로 배의 등을 씌우려고 하는데 가능한지 한번 보게."

"이거 대단한데요. 이렇게 휜 뼈 중심에 서까래를 대면 곱절은 더 단단해집니다."

"그러한가?"

"그렇지요, 기존나무에 반만 해도 충분히 그 무게를 견딜 수 있습니다."

"어찌 그리 확신하는가?"

"목수 삼십 년에 뭔들 안 만들어 봤겠습니까?"

"소인도 철갑선의 해결책을 찾았습니다."

난 목수 대장 양충호가 말하는 거북 뼈의 신비함보다 대장 공 대장 허장대의 말에 귀가 번쩍 띄었다.

"해결책이 무언가?"

난 대장공 대장을 채근했다.

"철갑에 쇠꼬챙이가 들어갈 구멍을 내고 구멍이 난 철갑만 먼저 씌운 뒤 나중에 쇠꼬챙이를 그 구멍에 박아 올리는 겁니다."

난 처음에는 잘 이해가 되질 않았다.

"뭘 어떻게 한다고? 자세히 설명을 해보게."

"무슨 말인지 알아듣게 설명을 해야지."

목수 대장이 퉁을 놨다.

"제가 땅에다 그림을 그려 설명하겠습니다."

허장대가 오랜 철공 생활에서 닦은 숙련된 솜씨로 그림을 그렸다.

"우선 철판을 두 사람이면 충분히 들 수 있는 크기로 만듭 니다. 그리고 철판 한가운데에 쇠꼬챙이가 들어갈 수 있게 구멍을 뚫습니다. 그리고 목수도 나무로 철판과 똑같은 모양을 만들고 구멍도 똑같이 뚫습니다. 그리고 쇠꼬챙이를 그 나무 구멍에 때려 박고 나무판을 덧대서 송곳이 빠지지 못하게 막는 겁니다."

난 허장대의 기발한 생각에 이마를 쳤다.

"문제는 무거운 철판을 나무가 밑에서 어떻게 받치느냐 인데요."

"그건 목수 몫이야. 철판이 아니고 쇳덩어리라도 둥그런 서까래라면 다 지탱할 수 있어."

내가 허장대의 설명에 놀라워하는 것을 양충호가 질투해 앞서나가는 것은 아닌지 걱정이 됐다.

"그럼 소인도 그림으로 설명 하겠습니다…"

양충호 역시 그림을 그려 설명했다.

"지금부터 철판과 철판 모형의 나무는 한 몸입니다. 소인은 우선 철판을 떼어내고 나무에 뚫린 구멍에 쇠꼬챙이 징을 망치로 때려 박습니다. 그럼 나무 구멍으로 쇠꼬챙이가 튀어나옵니다. 그럼 철판과 규격이 같은지 철판을 씌어본 다음 규격이 맞으면 철판과 쇠꼬챙이를 걷어냅니다. 그리고 둥그런 서까래를 대고 여닫이문을 만든 뒤 필요할 때마다 열어 쇠꼬챙이 징을 박고 문을 닫으면 끝입니다. 물론 순서가 바뀌어도 똑같습니다."

"이봐 문제는 그 무게를 어떻게 지탱 하냐는 거잖아."

"그건 목수들이 할 일이야! 대장공이 목수 일을 왜 참견해."

두 사람이 서로 자신의 기술이 뛰어나다는 것을 알리기 위해 대립했다. 이건 좋은 현상이다.

난 집무실에서 양충호와 허장대의 말을 정립했다. 목수가 철선의 모형을 만들고 구멍을 내면 그 구멍에 맞춰 대장공이 같은 모양의 철판을 올린다. 그러면 목수는 그 구멍에 꼬챙이 징을 박은 다음 그 징을 빠져나오지 못하게 나무판을 덧대는 이치였다.

아직 완전한 상태의 철갑선은 아니었지만, 왜적이 쳐들어왔고 그 왜적과 싸우기 위해서는 철갑선을 띄울 수밖에 없는 상태였다.

나는 중부장中部將들과 철갑선을 어떻게 효율적으로 띄울 것인가에 대해 회의를 하고 있었다.

그때 철갑선 밖이 몹시 소란스러웠다. 군관 송일성宋日城이 달려와 주방 시종 질임質任이 철갑선 밖에서 소란을 피운다고 했다. 질임은 임단의 어미다. 내가 밖으로 나가니 질임이 소리쳤다.

"나으리 지금 단이가 죽게 생겼어요. 원수사님이 단이의 목을 치겠다 하십니다."

"원수사가 왜?"

"쇤네도 그것을 모르겠습니다. 단이가 자리끼를 들고 원수사님의 방에 들어갔는데 잠시 뒤 비명이 나고 원수사님이 단이의 저고리를 부여잡고 동헌 앞으로 끌고 나오셔선 당장이라도 목을 칠 기세여서 이렇게 달려왔습니다."

나는 도대체 무슨 사단인지 알 수가 없었다. 그러나 단이의 목이 달아날 판이라 하니 가보지 않을 수가 없었다.

동헌에 도착하니 저고리가 반쯤 벗겨진 단이가 마당에 엎드려 부들부들 떨고 있었다.

"원수사! 이 무슨 해괴망측한 짓이요?"

난 화를 참지 못하고 원균에게 소리쳤다.

"이수사님 마침 잘 오셨습니다. 저년이 자리끼를 들고 내 방으로 들어오기에 오늘 밤 내 수청을 담당한 계집인가 싶어 합방을 요구하니 자신은 이수사님의 첩이라 안된다 하더이다."

순간 나와 단이의 시선이 잠깐 마주쳤다. 그 시선에서 단이의 구해달라는 애절함을 느낄 수 있었다.

"그런데 내가 이수사님을 모릅니까? 이수사님은 첩은커녕 기생과 하룻밤 거사도 피하시지 않습니까?"

그랬다. 나는 뱀밭에 내자(아내의 높임말)와 첩이 있고 더구나 전쟁을 준비하는 기간에는 일부러 여색을 피하고 있는 와중이었다.

"내가 첩을 두는 것을 원수사에게 보고라도 해야 하는 겁니까? 이 사람은 내 사람입니다."

나는 단이에게 다가가 저고리를 수습해 주며 일으켰다.

"자리끼 심부름이면 다른 아이를 시키지 왜 이런 시중까지 직접 해 이런 사단을 만드느냐?"

이제 열다섯인 단이는 내 눈에는 그저 철없는 여자아이였는데 호색한인 원균에게는 그저 하룻밤 거사를 치를 성숙한 여자로 보였다는 것이 여간 애처롭지가 않았다.

"원수사! 왜적과는 싸워보지도 않고 경상우수영을 버리고 줄행랑을 쳤으면 어떡하든 심기일전해서 왜적과 싸울 생각을 해야지 이 전쟁 중에도 여색을 탐하다 이 소란을 피우다니 당신은 부끄러운 것도 모르시오? 이런 식으로 막돼먹은 행동을 하려거든 당장 이곳에서 철수하시오."

원균은 내 서슬에 눌려 끽소리도 내지 못하고 자신의 임시 거처로 들어갔다.

"송구하옵니다."

내가 단이를 데리고 내 방으로 들어오니 그 아이의 입에서 나온 첫마디였다.

"긴박을 피하려고 뒷생각 없이 지껄인 말이온데 이로 인해 나으리께 큰 폐가 되지 않을까 몸 둘 바를 모르겠습니다.”

"됐다, 내가 지금은 원수사의 수하 등 보는 눈들이 많아 너를 이리로 들인 것이니 인적이 없는 시간에 네 거처로 돌아가거라.”

"나으리 그러면 쇤네가 거짓을 올린 것이 탄로 날 수도 있사오니 원수사님이 돌아가실 때까지만이라도 나으리와 함께 지낼 수 있게 해주시어요.”

난 단이의 요구가 난감했지만, 색의 집요함으로 소문난 원균이 어떡하든 나와 단이의 관계를 알아내려 할 것이고 전라좌수영 중에는 원균과 가까운 놈도 있을 터이니 단이의 요구를 들어줄 수밖에 없었다.

"쇤네는 저쪽 윗목이면 충분하옵니다.”

"아서라 여자는 몸을 차게 굴리면 잔병치레를 달고 살게 돼 있다.”

난 이때 어머니가 늘 며느리에게 하시던 말씀을 기억했다.

난 일기를 쓰기 위해 먹을 갈았다.

"나으리 먹은 쇤네가 갈아드리겠습니다.”

난 처음에는 마다했으나 단이가 아무것도 하지 않고 있으면 더 어색할 것 같아 벼루를 맡겼다.

난 일기책을 넘기며 오늘 일을 상세하게 적고 싶었으나 단이의 얘기를 곧이곧대로 적을 수가 없어 그 일은 다른 종이에 써서 기록했다. 그러나 그 또한 남의 치부를 드러내는 내용이어서 한참을 생각하다 적은 종이를 등잔불에 태우려고 했다.

"나으리 뭐 하시는 겁니까? 열심히 쓰신 서기를…"

단이 서기를 가로챘다.

"이리 주거라 그 내용이 남의 험담인데 기록으로 남길 수 없다. 나중에 내 발목을 잡는 증좌로 남을 수가 있다."

"그냥 서기인데 누구 기록인지 어찌 압니까?"

"글씨에는 필적이라는 게 있어서 누가 썼는지 금방 알 수가 있단다."

"그럼 쇤네가 대신 쓰겠습니다."

"뭐 네가? 너 글을 아느냐?"

"한문은 잘 모르지만, 언문은 좀, 한문은 제가 쓸 때마다 나으리가 곁에서 가르쳐 주시면 되옵니다."

나는 단이가 언문이나마 알고 있다는 것이 신통하였고 어떡하든 일기에 남길 수 없는 기록을 남기고 싶어서 단이의 말을 따르기로 했다.

이렇게 해서 밤에 기록한 야록夜錄이 탄생하게 되었다.

임진년
5월 6일

　왜적의 전기轉起는 상상 이상이었다. 아무 제지도 받지 않고 상륙한 왜적은 부산에 무혈입성 하였고 파죽지세로 한양을 향해 올라갔다. 중간에서 왜적을 저지하던 아군은 생전 듣도 보도 못한 조총 소리에 놀라 싸워보지도 않고 줄행랑을 쳤다는 소문이 파다했다.

　그리고 무슨 연유인지 왜적들은 죽은 시신의 귀를 잘라간다는 흉흉한 소문도 돌았다.

　나는 그들이 무엇 때문에 귀를 잘라 가는지 알 수가 없었다.

　그러나 지금 내게 중요한 것은 왜적이 시체의 귀를 잘라가든 상투를 잘라가든 그런 것이 중요한 것이 아니었고 빨리 그들과 싸워 바다를 통한 그들의 보급로를 끊는 것이 시급했다.

　나는 동헌 내 집무실에서 원균과 독대했다.

"당장 출정해야 할 것 같습니다."

"예서 가만있으면 안전할 것인데 왜 긁어 부스럼을 만들려 합니까?"

"지금 왜적들이 한양의 임금님을 잡겠다고 하는데 그게 경상우수영의 수장으로서 할 말입니까?"

"그렇다고 우리가 바다를 팽개치고 육지에서 싸울 수는 없지 않습니까?"

"수군이 왜 육지에서 싸웁니까? 난 내일이라도 배를 몰고 나가 왜적과 싸울 것이요."

"그들의 수를 이수사가 못 봐서 그런 소릴 하는 겁니다. 그 수가 얼마나 많은지 바다 끝이 안 보입니다."

나는 그가 경상우수영의 수장인지가 의심스러웠다.

"원수사께서 같이 싸울 거면 여기 묵으시고 싸울 의사가 없으면 떠나시오."

나는 단호하게 말을 하고 원균과의 독대를 해지했다. 그런 날 보고 원균이 똥 씹은 얼굴을 하고 있었다.

난 동헌으로 각 병장들을 불러들였다. 그리고 출정을 공포하였다. 시간은 내일 인寅시로 하고 모든 수군에게 출정 소식을 전해 전쟁에 대비하라고 하였다.

출정을 공포하자 저만 살겠다고 달아난 수군 세 명이 잡혀

왔다. 며칠 전 곧 출정한다는 소문에 권관 황옥천이 달아난 것을 잡아 와 목을 베어 효시했는데 내일 출정한다고 하니 한 번에 세 명이나 달아난 것이다.

　한양의 임금이 몽진하자 곧 조선이 왜적의 손아귀에 들어 갈 것이라는 소문이 급속도로 퍼졌고, 수군이든 육군이든 틈 만 나면 달아나기에 바빴다.

　난 본보기를 보이기 위해 세 명 중 한 명 노슬盧瑟이란 놈의 목을 직접 베기로 했다. 놈은 나에 대한 안 좋은 말을 비밀리 에 한양으로 전하는 일종의 첩자였다.

　행여나 놈이 말할 수 있는 유언비어를 차단하기 위해 입에 재갈을 물렸다. 그리고 얼굴 일부가 잘려나가는 것을 방지하 기 위해 놈의 상투를 묶어 사형장 위에 있는 나뭇가지에 매달 고 목을 잘랐다.

　내 칼은 그 길이가 매우 길어 망나니가 칼집을 잡았고 내가 칼을 오른손으로 빼 두 손으로 고쳐 잡고 먹으로 효수할 곳에 그어놓은 줄을 확인하고 정확하게 목을 쳤다.

　목에 줄을 그어놓은 것은 뼈와 뼈 사이의 살을 쳐야 단번에 목을 자를 수 있다는 망나니의 말을 귀담아듣고 그렇게 행한 것이다.

　목을 치자 잘린 얼굴 부분은 상투가 나뭇가지에 달린 줄에 묶여 있어 공중에 매달렸다. 그리고 목이 잘린 몸뚱이 쪽에서는 피가 솟구치더니 바로 심장이 멈추지 않아 시체가 숨을 쉴 때마다 쿨렁쿨렁 샘물에 물 솟듯이 솟다가 심장이 멈추자 이내 피도 솟지 않았다.

목이 잘린 시체의 포박을 풀자 살아 있던 사람이 하나의 물건처럼 힘을 잃고 쓰러졌다. 쓰러진 몸뚱이에서 계속 피가 흘러내렸다.

나머지 두 놈 머리 자르는 것을 망나니에게 맡기고 잘린 목들은 많은 수군이 볼 수 있게 좌수영 동문 앞에 걸게 하였다. 이 모습을 본 원균이 하얗게 질려 더는 전쟁참여에 대해 반론을 하지 못하고 자신의 거처로 들어갔다.

잠시 후 원균이 내 집무실로 찾아왔다. 난 그가 내일 같이 출정하자는 것에 대해 논의를 하기 위해 온줄 알고 반겼으나 그는 육지의 적을 파악하기 위해 모집 중인 민병대 상황을 알아보겠다고 했다.

민병대는 전쟁이 발발하자 조정에서 모집 중인 민간인 부대였다. 아직 어디서 얼마나 어떻게 모였는지 알 수가 없으므로 말이 상황파악이지 일단 왜적을 피하고 보자는 수작이다.

난 왜 수군이 육지의 민병대 상황 파악을 하냐고 따지고 싶었으나 달리 막을 재주는 없었다. 내 직급은 그를 지휘하는 지휘 통계에 있지 않았고 그는 나보다 나이가 다섯 살이나 손위였다. 물론 이 시대에 위아래 열 살까지는 흉허물 없이 지낸다고는 하나 그것은 서로가 친할 때의 얘기고 한편에서는 비록 생일이 섣달이고 정월이어서 불과 한 달도 되지 않는 연별이어도 반드시 윗사람임을 따지는 인사가 있었다.

원균이 식량과 짐을 챙겨 자신의 직 수하 열댓만 데리고 떠났고, 원균과 같이 왔던 나머지 수하들은 내가 막아 원균과 떠나지 못했다.

수군이 육지에 가는 것은 이치에 맞지 않는다는 내 말에 원균 자신도 같은 말을 한 적이 있으니 반대할 수는 없었다.

많은 군인이 몰려다니면 왜적의 표적이 될 수가 있다고 덧붙인 내 말에 원균도 자신의 안전을 위해 내친 것이기도 했다.

난 내일 출정을 위해 한밤중에 다시 귀선으로 가 내부를 살폈다.

대장장이와 목수에 의해 철갑은 제대로 씌워졌다. 길쭉한 (타원형) 가마솥 뚜껑모양의 큰 중앙부위에 구멍 뚫린 철갑을 씌운 뒤 철갑과 똑같은 모양의 목제가 밑에서 받쳐 졌다.

철갑은 목공이 뚫어 놓은 구멍에 한 치의 오차도 없이 맞아 떨어졌고 조각의 철갑은 두 사람이 쉽게 들어 옮길 만큼의 무게로 만들었다.

그리고 그 모양과 규격이 일정해서 따로 순번을 정하거나 상하를 맞출 필요가 없었다.

나는 양충호와 허장대에게 한가운데 솥뚜껑 모양과 연결되는 모든 철갑을 같은 규격으로 만들면 효율적일 것이라고 피력했을 뿐인데 이렇게 완벽하게 만들어 낼 줄은 몰랐다.

연결되는 철갑 뚜껑들은 대문의 경첩처럼 연결 부분을 말아 철사 줄을 끼어 못을 박아 연결하게 했다.

단지 철갑을 씌울 배의 지붕은 사다리를 밟고 오르고 내리는 것도 만만찮아 배를 땅에서 건조한 다음 배 옆에 흙을 쌓아 올려 인부들이 사다리를 밟지 않고도 그냥 걸어서 오르내렸다.

마지막으로 쇠꼬챙이가 빠져나오지 못하도록 거북 등뼈 모양의 서까래에 맞춰 마치 작은 대문처럼 문을 만들어 달고 잠그니 완벽했다.

배의 모양은 삼층 구조로 일 층은 노를 젓는 사공이 자릴 잡고 이 층은 공격형 포와 포병을 배치하고 용머리를 달았다. 삼층은 귀선을 진두지휘할 전라좌수영 선병장鮮兵長 배응록裵應祿과 그 휘하 수병들이 탔다.

귀선 밖으로 나와 동헌으로 가다가 뒤돌아보니 달빛을 받아 해무에 쌓인 귀선의 모습이 마치 거북이가 용의 머리를 하고 승천하는 모양 같았다.

귀선의 머리를 거북 모양대로 하려다 그 모양이 너무 순해 용머리로 대치했다. 용머리의 주물은 대포를 만들 듯 놋쇠(황동)로 그 틀을 만들었는데 둥그런 포신 같은 것을 용머리로 만들어내는 대장장이들의 솜씨를 보고 그들의 기술 한계가 어디까지인지 가늠이 안 되었다.

더구나 쇠는 벌겋게 달아있을 때 만들어야 그 모양을 갖출 수가 있는데 놋쇠는 그 강함이 엿가락 같아서 그냥 깎고 다듬을 수 있어 좋다고까지 했다.

나는 용의 머릿 밑에 바퀴를 달아 불을 피워 들락날락하게 할 수 있도록 하게 하였다. 처음에는 용머리에서 대포를 쏠 수 있게 하였으나 포신의 진동으로 인해 강도가 약한 놋쇠가 쉽게 망가진다는 대장공 대장 허장대의 말을 듣고 대포를 쏘는 대신 연기와 불을 뿜는 것으로 가닥을 잡았다.

숙소로 돌아오자 늦은 밤이었는데 단이가 먹을 갈아놓고 서기를 준비하고 있었다.

"이제 원수사도 떠났는데 이방을 지킬 필요가 있겠느냐?"

"나으리와 쇤네의 서기 약속을 잊으신 건가요?"

"그건 아니지만 이렇게 늦게까지 자질 않으면 새벽에 부엌일을 어찌하려고?"

"부엌일이야 잠을 안 자고 하면 되지요."

"잠을 안 자고 어찌 일한단 말이냐?"

"잠은 나으리가 출정하시고 난 후에 자면 되지요."

"그렇긴 하겠구나! 수군이 모두 출정하고 나면 부엌일도 없겠구나."

"부엌일은 준비하는 과정에서 할 일이 더 많습니다."

"그게 그러하냐."

난 단이에게 귀선의 생성 과정과 결과를 설명하다 잠이 들었다. 서기를 해 넘겨야 했는데 새벽 출정에 대한 긴장감과 귀선을 어떻게 활용해야 할지 신경이 곤두섰었는데 단이와 가벼운 대화를 나누다 보니 긴장이 풀려 그대로 잠이 든 것이다.

둘

출정

出征

임진년 5월 7일부터

5월 8일까지

임진년
5월 7일

"진지 드시어요."

단이가 밥을 먹으라고 가볍게 어깨를 흔들어 난 잠에서 깼다.

"밥! 아니 벌써 아침이란 말이냐? 진작 깨우지 않고."

"아직 닭도 울기 전이어요. 하오나 나으리께서 진두지휘를 하셔야 할 것 같아 쇤네가 조금 서둘렀습니다."

"오! 그러하냐?"

난 밥을 먹으면서 단이가 기특하다는 생각을 했다. 그리고 처음으로 단이를 유심히 보았다. 이목구비는 그냥 평범하였으나 다 합해 같이 보면 뭔가 기품이 있었다. 노비의 딸이라기보다 사대부가의 여식 같았다. 그것은 어머니 그리고 내자(아내)가 품고 있는 기품과 별반 다르지 않았다.

그런 생각을 하며 무심코 묵지(벼루에 오목이 패인 곳)를 보게 되었는데 고여 있어야 할 먹물이 없었다. 분명 지난밤에 서기를 하기 위해 단이가 갈아놓은 먹이 가득했던 기억이 났다. 먹물이 말라붙은 흔적도 없었다.

벼루 주위를 살펴보니 윗목 한쪽으로 치워진 서기가 눈에 들어왔다. 손을 뻗어 서기를 펼쳐보고 깜짝 놀랐다. 종이에는 언문이 아닌 한자로 내가 지난밤에 얘기했던 귀선에 관한 이야기가 빼곡히 적혀있었다.

더구나 행과 열이 정확했다. 서체 역시 정식으로 글을 배우지 않고선 쓸 수 없는 완벽한 글씨였다.

"단아! 단아!"

단이에게 서기에 대한 설명을 들어야 했다.

"네 나으리 지금 군관들께서 동헌 밖에 집결하셨습니다."

난 출정에서 돌아와 단이의 설명을 듣기로 했다. 지금 중요한 것은 왜적과의 전쟁이지 단이가 쓴 서기 따위는 그리 중요치 않았다.

둥 둥 둥 둥

동이 트자 힘찬 북소리와 함께 귀선을 앞세운 우리 수군은 많은 백성의 환호성을 뒤로하고 부산을 향해 나아갔다.

북소리를 천천히 치는 것은 출정의 신호였고 북을 빨리 치면 공격의 신호였다. 북을 짧게 먼저치고 이어 꽹과리를 같은 속도로 치면 우측으로 돌라는 뜻이고 꽹과리를 짧게 먼저 치고 이어 북을 같은 속도로 치면 좌측으로 돌라는 뜻이었다. 굳이 이 설명을 하는 까닭은 귀선에서는 앞의 시야가 가려지기 때문이다. 그래서 내가 귀선 바로 뒤 대장선에 타고 진두 지휘하며 어떻게 공격하고 어떻게 빠져나와야 하는지 알려줘야 했다.

뜨는 해를 바라보며 바다를 헤쳐 나가기 얼마나 지났을까 해가 중천에 떴을 때 우리 수군은 경상우수영을 지나 옥포로 접어들었다. 그때 멀리 수평선 위에 왜 적의 배가 시야에 들어왔다.

둥둥둥둥둥둥

왜적의 배를 목격한 나는 대장선에서 북소리를 빨리 쳐 귀선에게 속도를 올리라는 신호를 보냈다. 순간 귀선이 속도가 빨라지기 시작했다.

귀선 노는 모두 합해 열네 개로 한쪽에 일곱 개씩이다.

양쪽 모두 맨 앞의 노는 거북이 발 모양을 따 일반적 노의 네 배 크기다.

그곳에는 네 병의 노꾼이 서로 마주 보고 지그재그로 앉아 귀선의 속도를 좌우한다.

중간 다섯 개의 노는 두 명이 한 조로 서로 마주 보고 앉아

마치 수영을 할 때 속도를 내기 위해 손바닥을 쫙 펴서 물속에 처박듯 한 모습으로 노를 젓게 했다.

그리고 마지막 한 개의 노는 세 명이 앉아 좌우 방향과 속도의 강약을 조절하는 구실을 했다. 크게 놓고 보면 중간의 다섯 개의 노를 없애면 거의 거북이 모양과 흡사했다.

그리고 노 손잡이를 대나무에 구멍을 뚫어 덧씌우고 원을 그리듯 젓게 했다. 또 과열을 방지하기 위해 노 끝에 물통을 달고 실을 늘어뜨려 물이 일정하게 흐르게 했다. 그런데 철갑 무게 때문인지 귀선은 생각만큼 빠르지가 않았다.

그때였다. 왜적도 우리 배를 발견했는지 북소리와 조선에서는 들어보지 못한 마치 풀피리 소리 같은 이상한 소리를 내며 우리 쪽을 향해 빠르게 다가왔다.

왜적의 무리가 오는 것을 보고 귀선의 입에서 불을 토해내기 시작했다. 준비했던 솔방울에 기름을 부은 뒤 불을 붙여 귀선 용머리의 턱 부분 움푹 팬 곳에 넣고 풍구를 돌리자 마치 용의 머리에서 불이 나가는 듯한 기이한 형상이 나타났다. 그 모습을 보고 다가오던 왜적의 무리가 갑자기 북소리와 풀피리 소리를 멈췄다.

나도 그것만으로 왜적이 진격을 멈췄을 리 없다고 생각하고 귀선을 주시했는데 신기하게도 귀선의 철갑 등에서 연기가 피어올랐다. 이 모습은 마치 귀선이 연기의 힘으로 나아가고 있는 듯한 착각을 하게 했다. 난 이 기회를 놓치지 않았다.

"우현!"

내가 소리치자 주위에 있던 각 수장이 소리 높여 우렁차게 재창했다.

"우현!"

두두두두두두두두두두

그 소리를 듣고 북꾼들이 빠르게 북을 쳤다.

챙챙챙챙챙챙챙챙챙

곧이어 꽹과리 꾼들도 요란하게 꽹과리를 치기 시작했다.

그 소리에 귀선이 오른쪽으로 방향을 틀었다. 그리고 귀선 이층 테두리를 감싸고 있던 철갑이 일제히 올라가고 대포의 포신이 드러났다. 이 또한 귀선의 제작과정에서 뚜껑의 철갑처럼 경첩을 만들어 전투 중에는 밀어 올려 포를 쏘고 평상시에는 닫아 적의 공격을 방어하는 장치였다. 물론 포 소리도 분산시키는 역할을 하기도 한다.

쾅쾅쾅쾅쾅쾅쾅

포 소리와 함께 폭탄이 일제히 왜적의 배를 향해 날아갔다.

"좌현!"

챙챙챙챙챙챙챙챙챙 두두두두두두두두두두

이번에는 꽹과리를 먼저치고 곧이어 북을 쳤다.

쾅쾅쾅쾅쾅쾅쾅

좌측으로 돌린 귀선의 대포가 일제히 굉음을 내며 또다시 왜적을 향해 날아갔다.

난 귀선에 가장 작은 현대포를 설치해 포 소리를 최소화했지만, 생각보다 큰 포 소리에 귀선에 있는 수군들이 걱정됐다.

계속되는 포 공격으로 왜적은 적잖이 당황했다. 그들은 왜군의 규모와 위용에 겁을 먹고 배를 침몰시키고 달아난 조선 수군이기에 얕보고 있었디. 자신들의 출격만으로도 줄행랑을 칠 것으로 생각했을 것이다.

"궁!"

나는 귀선의 포 쏘기를 중지시키고 왜적을 공격할 수 있는 가시권으로 들어가 활로 공격을 하기로 했다. 어려서부터 활쏘기를 즐겼던 나는 활쏘기에는 자신이 있다.

"궁!"

군관들의 재창과 함께 일제히 수백 개의 화살이 동시에 날아갔다.

따따따따따따따따

왜적들은 포 공격에 이은 마치 비가 쏟아지는 듯한 화살을 보고 조총을 쏘기 시작했지만, 조준도 못 하고 무의식적으로 고개를 파묻고 허공에 쏘아대는 그들의 조총은 싸움 자체가 되지 않았다.

그때 왜적의 배 꼭대기 누각에 앉아 전투를 지휘하던 적장이 우리가 쏜 화살에 맞고 쓰러졌다.

적장의 쓰러지자 전의를 상실한 왜적은 배를 돌려 도망가려 했으나 바닥이 평평한 판옥선은 속도는 약간 느리지만 회전이 자유로우나, 왜적의 배는 속력을 위주로 제작된 배이기 때문에 회전에 취약했다.

그로 인해 왜적의 배 십여 척이 침몰했고 많은 왜적이 죽거나 바다에 빠졌다.

난 바다에 빠진 왜적 중 살아있는 놈들을 끌어올리라고 지시했다.

원균의 수하 경상우수영 만호 허정許靜이 달아나는 왜적을 쫓으려는 것을 내가 막았다.

"이수사님 왜놈들은 전의를 상실했습니다. 섬멸할 기회입니다."

허정이 자신의 배를 최대한으로 내가 타고 있는 배에 가까이 대고 소리쳤다.

"물때가 바뀌었다. 지금까지는 우리 수군에게 유리한 조건이었지만 이 상태로 라면 속력이 뛰어난 놈들의 배를 따라잡을 수 없다.

"물때가?"

허정이 배에서 바닷물을 내려다보았다.

"이수사님은 이곳 분도 아니신데 물때를 어찌 아십니까?"

허정이 미심쩍어했다.

"그런 눈썰미니 배를 버리고 전라좌수영으로 도망 왔지."

사실 내가 정확히 물때를 재거나 기록한 것은 없다. 그런데 그냥 알 수 있다. 바람과 바닷물의 변화 그리고 냄새로 알 수가 있다. 주위의 많은 섬도 매복했다가 급습하기가 딱 좋은 위치다. 그래서 쫓지 않았다.

전라좌수영에 부임해 처음 바다와 맞닥뜨렸을 때 왠지 바다가 처음 같지 않았다. 오랫동안 함께 해온 고향 같은 느낌을 받았다. 그것은 근무지 때문에 뱀밭(아산)에 가지 못하다가 가게 되면 느끼는 어머니의 품 같은 것이다.

뱀밭은 뱀도 많았지만 감나무도 많았다. 바람이 불면 많은 땡감이 떨어졌다. 떨어진 땡감은 떫어서 먹을 수가 없지만 주워 다가 논물에 담가두고 이삼 일이 지나면 떫은 게 가시고 아주 맛있는 감이 되었다.

전라좌수영에서 처음 받았던 밥상 생선에서 그 감 맛과 같은 느낌을 받았다.

이후 자주 바닷가를 거닐면서 바닷물의 밀물과 썰물 때를 알게 되었고 그와 함께 바람의 변화를 감지했다.

또 태풍의 대비도 하게 되었고 심한 파도에서는 배를 어떻게 관리해야 하는지 물때에 맞춰 공격과 수비, 그리고 많은 섬은 어떻게 이용해야 하는지 머리는 생각하고 몸은 머리를 따라 움직여 줬다.

그랬기 때문에 귀선을 바다에 맞게 설계할 수가 있었고 완벽한 철갑선이 돼 오늘 실전에서 큰 공을 세운 것이다.

첫 출정에서 크게 이긴 나는 적이 달아난 쪽으로 가다가 합포에 정박하고 우리 수군에게 피해가 있는지 살폈다.

다행히 우리 수군은 단 한 명도 죽거나 다친 사람이 없었다. 걱정된 귀선도 생각만큼 크게 파손된 곳은 없었다. 그래도 발포 때의 충격으로 각 포방이 부서지고 금이 가 있었다.

나는 포방이 더는 망가지는 것을 방지하기 위해 다음 싸움에서는 귀선에서의 발포를 금지했다.

"한데 아까 귀선의 진격 중 갑자기 귀선의 등에서 연기가 피어오른 것은 어찌 된 연유인가?"

나는 좌측 귀선의 지휘관인 선병장 어영담에게 물었다.

"아! 그것은 귀선이 속력을 내고 치고 나가자 바닷물이 불붙은 솔방울에 튀면서 연기가 난 것인데 연기가 귀선의 등을 타고 올라가 철갑의 틈새로 흘러나간 것입니다."

"연기가 귀선 안으로 들어오면 통제하기가 힘들었을 텐데."

난 귀선의 지붕을 받치고 있는 나무의 틈새를 생각했다.

"바닷물이 철판 틈으로 스며들어 가 나무가 늘어나면서 연기는 배 안으로 들어오지 않았습니다."

"아!"

나는 그때야 목수와 귀선 천정의 틈에 대해 나눴던 대화를 기억했다.

"규격을 딱 맞춰 틈을 없애야지 이렇게 틈이 보여 좀 엉성하잖은가?"

"귀선이 바다에 나가 싸우게 되면 바닷물을 뒤집어쓰게 되고 물을 먹은 나무는 늘어나 틈이 없어집죠. 또 평상시 애는 틈이 없는 것보다 있는 것이 배의 유동성에서 훨씬 뛰어납죠."

당시에는 목수의 말을 흘려들었었는데 오늘 그것을 직접 체험하고 나니 난 목수나 대장공의 기술은, 쥐뿔 내세울 것도 없으면서 허세 덩어리 양반보다 훨씬 우수하다고 생각했다.

징 징 징 징

나는 취사 준비를 알리는 징을 치게 했다.

새벽에 조반을 먹고 격전을 치르고 나니 해가 서산 쪽으로 기울었다. 나도 매우 시장하였으니 수군들 또한 나와 마찬가지로 배가 몹시 고플 것이다.

취사 준비 징 소리를 듣고 수군들이 땔감과 솥을 들고 배에서 뛰어내려 왔다. 열 명이 짝을 지어서 밥을 해 먹기로 했는데 이 또한 단이의 역할이 매우 컸다.

"출정하시게 되면 식사는 어찌하시렵니까?"

"평소 하던 대로 취사병이 밥을 짓게 해야지."

"큰 밥솥을 걸고 몇 십 명의 밥을 지으시겠다고요?"

"그것 말고 달리 방법이 있겠느냐?"

내가 함경도 동구비보 권관 시절 오랑캐와 마주할 때도 항상 취사가 문제였다. 백여 명의 밥을 짓게 하기 위해서는 항시 큰 가마솥 서너 개는 걸어야 했다. 하지만 아무리 밥을 잘한다 해도 밑은 타고 위는 설익는 것이 다반사였다. 그렇다고 타거나 설익었다고 해서 버릴 수는 없었고 결국 그것은 힘없는 졸병 몫이었다.

"보통 집에서 밥을 하는 밥솥으로 밥을 하면 됩니다."

"단아 그렇게 작은 솥에 밥을 해서 몇 명을 먹인단 말이냐?"

"솥 한 개에 열 명쯤 먹을 밥을 지을 거니까 수군이 백이면 열 개의 솥에다 밥을 하고 이백이면 스무 개를 걸면 되지요."

"아니 모든 수군을 취사병으로 만들자는 말이냐?"

"그게 어때서요. 솥이 작으면 시간도 절약되고 적당히 주걱으로 밥을 저어주면 타지도 설지도 않습니다."

"그 많은 솥은 어찌 구하고?"

그러나 그것은 문제가 되지 않았다. 탄밥과 선밥을 안 먹어도 된다고 하니 수군들이 집에 있는 가마솥을 하나씩 들고 나와 순식간에 해결되었다.

보통 백성들 부엌의 흔한 가마솥은 장정 열 명 정도의 밥 짓기가 가능하다.

그리고 출정 전 시험해보니 진짜 타지도설지도 않아 병사들이 만족하였다.

밥과 국을 담당한 수병은 밥을 짓기 위해 모래를 파 솥을 걸었고 양옆은 모래가 흘러내리지 않게 소라껍데기나 조개껍질로 덧대었다. 그 외 수병들은 찬거리를 마련하기 위해 근처 마을로 가는 것을 보고 다시 단의 말이 떠올랐다.

"찬은 어찌 마련하시렵니까?"

"그야 흔한 게 생선이니까…"

"이 더위에…? 한나절도 못 버티고 상합니다."

"그거야 자반으로…"

"지금은 초여름이니까 농가에 흔한 게 무입니다."

"생무로 반찬을 하라는 말이냐?"

"무를 적당한 크기로 잘라 바닷물에 담그면 밥이 뜸이 들 때쯤 무도 간이 적당히 듭니다. 그럼 그걸 맹물에 담가 먹으면 됩니다."

"짠지는 무를 소금물에 담갔다가 짠물이 빠지길 기다렸다가 먹는 반찬이 아니냐?"

짠지는 충청도 음식의 하나로 어머니가 자주 밥상에 올리시던 음식이다.

"생무를 바닷물에 담그면 아직 무의 싱싱한 맛이 남아있어 짠지보다 훨씬 맛이 좋습니다."

"호! 그게 그러하냐."

"거기다 마늘 생강 등을 넣으면 즉석 나박치(나박김치의 옛말)가 되기도 하지요."

"하지만 우리 병사가 먹을 만큼을 거두어 오면 그 마을은 무가 씨가 마를 텐데…"

"일부는 명아주로 대체하면 됩니다."

"명아주? 그게 무엇인지 몰라도 그것도 씨가 마를 것 아니냐?"

"명아주는 지천으로 깔린 풀과 같은 나물입니다. 백성들이 보릿고개 때는 어린 명아주를 뜯어 먹고 버티지만 보리 수확이 시작되면 더는 뜯어먹지 않지요."

나는 양반이고 지주의 자손이어서 보릿고개를 겪지 않았기에 머리가 절로 숙어졌다.

"명아주는 세자 이상 크게 자라고 그 자체에는 특별한 맛이 없지만, 깻잎과 곁들이면 깻잎 맛이 나고 미나리와 곁들이면 미나리 맛이 나니 된장에 무치면 먹을 만합니다."

그때 마을로 갔던 병사들이 무와 명아주 다발을 들고 들어오는 모습이 눈에 들어왔다.

"국은 조갯국이 최고입니다. 뻘이 많은 서해에서는 꼬막 등 조개에 돌이 없지만 모래가 많은 남해는 바지락 등 조개 속에 돌이 들어가 같이 기생하는데 이것을 채취해 소금물에 넣어두면 조개가 스스로 돌을 뱉어내죠. 하지만 즉석에서 국을 끓여 먹기 위해서는 일일이 엄지와 검지로 문질러 모래를 걸러내야 합니다."

난 열 다섯짜리 아이가 뭐 이렇게 아는 게 많은지 신기할 따름이었다.

나는 식사를 하면서 포로로 잡혀 온 왜놈 포로들에게도 밥을 먹이게 하였다. 그들도 배가 고팠는지 게 눈 감추듯 먹어치웠다.

그런데 식사를 마친 포로 쪽이 매우 소란스러웠다. 부관을 보내 알아보았으나 포로들이나 우리 수군이나 서로 말이 통하지 않아 알길이 없었다. 나는 부관 나대관羅大寬에게 집필묵을 챙기게 하여 소란을 피우는 왜놈에게 갔다. 내 근처에는 언제나 지필묵이 있었다.

소란을 피우고 있는 왜놈은 오 척이 될까 말까 한 키에 비단을 걸친 행색으로 보아 왜적의 간부급 같았다. 왜적들은 잡고 보니 모두 우리 조선의 수군보다 왜소하였다.

"웬 소란이냐? 무슨 할 말이라도 있느냐?"

난 종이에 적어 소란을 피운 놈에게 전했다. 왜국이나 조선이나 모두 한자를 쓰기에 말은 통하지 않아도 글로서는 소통할 수 있다.

"난 일국 수군의 부대장이다. 지금이라도 항복하면 내가 우리 대장에게 잘 말해 너희들의 목숨과 안녕을 책임지겠다. 항복해라!"

글씨에서 오만무도함이 하늘을 찌르고 있었다.

"사死!"

난 놈이 쓴 글씨 위에 죽을 사死자를 크게 써 종이 윗부분에 구멍을 뚫어 놈의 상투에 끼웠다. 그리고 다른 종이에 다음과 같은 내용을 써 죽을 사死자가 적힌 종이를 들고 보여 줬다.

"내가 너를 이백오십 보 밖에 세우고 화살로 이 죽을 사死자를 향해 쏘겠다. 만약 맞히지 못하면 네 말 대로하겠다."

놈은 처음에는 약간 움찔하더니 이내 소리 내며 비웃었다. 이백오십 보는 활의 기본거리다.

아무리 명궁도 과녁에 열 발에 한두 발만 맞추는 것이 통례다. 그러나 어려서부터 활쏘기를 즐겼던 나는 활쏘기라면 자신이 있다.

"이수사님 어찌하시려고요?"

원균의 만호 허정이 걱정했다.

나는 포로를 정확히 이백오십 보 밖에 세웠다. 결코 짧은 거리가 아니다. 그 자리에 기둥을 세우고 놈을 움직이지 못하게 묶었다. 특히 죽을 사死자가 적혀있는 종이는 앞으로 빼고 놈의 얼굴도 움직이지 못하게 했다. 하늘의 도움인지 해를 등지고 서있는 나에게 종이에 적힌 죽을 사死자가 햇빛을 받아 아주 선명하게 보였다. 그리고 바람 한 점 없었다. '폭풍전야!' 내일 필시 크게 비바람이 올 것이다.

아직 먹물의 물기가 다 마르지 않아 종이도 도움을 줬다. 난 중요할 때만 사용하는 꿩 깃을 꼭지에 단 화살을 활시위에 걸었다. 그리고 숨을 크게 들이마시고 시위를 당겼다. 숨을 멈추고 죽을 사死자를 보았다. 집중하자 마치 죽을 사死자가 살아 있는 듯 커지면서 집채만 하게 보였다. 순간 나는 엄지와 검지로 잡은 활꼭지 꿩 깃을 놓았다.

"빡!"

화살이 날아가 왜놈의 머리를 관통했다. 그리고 그 소리가 얼마나 컸던지 이백오십 보 밖에 있는 나에게까지 선명하게 들렸다.

와! 와! 와! 짝! 짝! 짝! 짝!

환호와 박수 소리가 요란했다. 걱정하던 원균의 만호 허정이 입을 벌린 채 다물지를 못했다.

나는 시체에 다가가 죽을 사死자를 뜯어냈다. 두 눈을 뜨고 죽은 반으로 갈라진 왜적의 머리에서 골수가 흘러내렸다. 그것은 마치 간수를 빼지 않아 흐물거리는 두부의 모습과 같았다.

챙챙챙챙챙챙

그때 바다에 나가 동태를 살피던 척후병의 배에서 요란하게 꽹과리 소리가 들렸다. 왜적이 나타났다는 뜻이었다.

"모두 위치로!"

"모두 위치로!"

내가 선창을 하자 모두 재창을 하며 취사도구를 챙겨 각자의 배로 돌아갔다.

귀선을 앞세우고 바다로 나가자 왜적의 배가 모습을 드러냈다. 그런데 그 규모가 옥포의 두 배 이상은 되어 보였다.

둥둥둥둥둥둥

나는 북꾼에게 북을 빨리 치게 해서 귀선에게 진격하라고 알렸다. 북소리를 듣고 귀선이 왜적을 향해 내달렸다.

따따따따따따따

귀선이 다가가자 왜적들은 일제히 귀선을 향해 조총을 쏘기 시작했다. 그에 맞춰 귀선의 용머리와 노가 일제히 귀선 안으로 들어가고 뚜껑이 내려와 막았다.

난 귀선을 만들 때 적의 조총 공격에 대비해 귀선 지붕 끝 부분에 경첩을 달아 쇠 철갑을 여닫을 수 있게 제작했다.

이는 놋쇠인 용머리나 나무인 노가 적의 조총에 취약했기 때문에 행한 조치였다. 용머리와 노가 귀선 안으로 들어가자 왜적들은 맹렬하게 귀선을 향해 조총을 쏘아댔다. 그러나 조총 총알이 귀선의 뚜껑에 맞아 튕겨 나올 뿐 귀선에는 아무런 충격도 주지 못했다.

그럼 왜적이 포 공격은 왜 하지 않는지 의문이 생긴다. 포는 하늘을 향해 쏘게 제작되었기에 공격이 어렵다. 멀리 있는 왜군들이 포로 공격할 수도 있겠지만 귀선이 왜적 선에 둘러싸여 있어서 이도 쉽지가 않다. 거기다 귀선은 높이가 왜적 대장선의 반밖에 되지 않았기 때문에 이도 저도 안 됐다.

이때 왜적의 수장이 귀선의 모양이 신기했던지 높은 대장선 누각에 앉아 있다가 귀선을 가까이서 보기 위해 내려왔다.

"궁!"

나는 활 공격을 하라고 선창한 뒤 활시위 꼭지에 화살을 걸어 힘껏 당겼다. 난 분명 적장을 향해 활을 쐈는데 나보다 동작이 빠른 궁수가 얼마나 많던지 화살이 섞여 내 화살이 어디로 날아갔는지 알 수가 없었다.

아무튼, 적장이 우리의 화살 공격을 받고 쓰러졌다. 적장이 죽자 왜적은 일제히 퇴각하기 시작했다.

"대포!"

이에 맞춰 나는 대포 공격을 지시했다.

쾅 쾅 쾅 쾅 쾅

대포 공격을 받고 왜적의 배 십여 척이 침몰했다. 왜적은 일제히 달아났고 난 진격을 멈췄다.

"왜, 또 진격을 멈추십니까? 지금은 물때도 우리에게 유리합니다."

진격 중이던 허정이 자신의 판옥선을 내 배에 붙이며 볼멘소리를 했다.

"이대로 쫓아갔다가는 어둠 때문에 놈들이 섬 뒤에 매복하면 우리에게 불리하네."

나는 서산마루에 걸린 해를 가리켰다.

"지금은 초여름입니다. 아직 해가 지려면 멀었습니다."

"오늘 낮 덥고 바람 한 점 없었다는 것을 상기하게. 폭풍전야!"

"폭풍! 이 바람이요?"

허정은 손을 벌려 바람의 세기를 가늠했다.

"지금은 우리가 바람을 등지고 있지만 진격 후에는 바람을 맞이해야 하네. 그것은 곧 패배와 직결이다."

나는 병사들에게 아직 살아 있는 왜놈들을 건지게 하고 아직 침몰하지 못한 배에서는 화살을 회수하게 했다. 전시에는 화살촉이 돈(전폐錢幣)으로 사용되기 때문에 백성들에게 생선 소금 곡식 등을 주고 사들여야 하지만, 적군에 쏘았던 화살은 그냥 줍기만 하면 되므로 좋은 선택이다.

나는 바람이 거세지기 전에 전라우수영 쪽으로 배를 돌렸다. 바람이 거세지면 배를 통제하기가 힘들고 적의 공격에 취약할 수밖에 없다. 사천 쪽에 이르러 어둠이 내려앉았으므로 난 사천에 정박하기로 했다.

닻을 내려 정박하고 바람이 거세지기 전 저녁밥을 지어 먹었는데 생각만큼 바람이 심하게 불지 않아 좋았다.

저녁밥을 먹고 얼마 되지 않아 바람이 거세지기 시작했다. 배와 배 사이가 넓으면 배의 파손이 있을 수 있어 최대한으로 배의 사이를 좁혀 움직이지 못하게 했다.

만일 이때 왜적이 쳐들어와 화공을 쓴다면 아군은 전멸이다. 그러나 왜적에게는 그런 머리를 쓸 수 있는 놈이 없는지 척후병에게서 아무런 기별도 없다. 하긴 바람을 마주하고 공격해야 하므로 왜적도 적잖은 피해를 감수해야 하는 부담도 있다.

임진년
5월 8일

생각과 달리 비는 오지 않았다. 그러나 바람이 심해 아침밥을 지어먹을 수가 없었다. 난 다시 단이를 떠올렸다.

"나으리 밥을 지을 수가 없으면 진지는 어찌하시렵니까?"

"그야 생쌀을 소금과 같이 씹어 먹으면 되지 않겠느냐?"

"쌀이 없는 병사들은요?"

"그거야 보리나 자반을…"

"그러지 마시고 밥을 해 말리시게 하시어요."

"밥을 말려?"

"네, 병사는 보리나 기타 곡물을 익혀 말리게 하고요."

"단아 곡식을 익혀 말리면 딱딱해서 먹을 수가 없단다."

"나으리 누가 말린 밥을 그냥 먹습니까."

"그럼 어찌 먹는단 말이냐?"

"말린 밥에 물을 적당히 붓고 일각 반(20분)만 기다리면 거의 식은 밥처럼 되옵니다."

"그게 그러하냐?"

"네! 생쌀은 밥 느낌이 안 나지만 말린 밥이나 누룽지는 물만 부으며 밥과 똑같진 않지만, 밥과 같은 역할은 한답니다."

이 또한 단이의 말대로 하였고 병사들은 아주 만족하였다.

조반을 마치고 전라좌수영으로 돌아갈지 조금 더 버틸지 결정을 못 내리고 있는데 척후 부장 이억태李億泰가 탐색하고 돌아와 적의 동태를 알렸다.

"좌수사님! 왜적들이 우리가 있는 사천 쪽으로 오다가 방향을 틀어 적진포 쪽으로 빠졌습니다."

"적진포 쪽으로?"

우리가 부산 쪽으로 진격하면 기다리고 있다가 우리 배후를 공격하겠다는 뜻이거나 바람을 피해 방향을 튼 것이다.

"출격!"

"좌수사님 이 바람에 말입니까?"

허정이 기가 막힌다는 얼굴로 물었다.

"지금이야말로 놈들을 섬멸할 수 있는 절호의 기회다!"

허정이 이해가 되지 않는다는 듯 고개를 갸우뚱거렸다.

귀선을 앞세운 나는 왜적이 갔다는 적진포로 출격했다. 처음에는 귀선을 앞세웠으나 강한 바람으로 인해 돛을 단 판옥선이 거북선을 따라잡았고, 나중에는 귀선이 판옥선을 뒤따르는 형세가 되었다.

바람의 도움으로 우리는 생각보다 두 배는 빠르게 적진포에 도착했다.

왜적의 배는 서로 부딪쳐 망가지는 것을 방지하기 위해 최대한으로 거리를 좁혀 움직이지 못하게 묶여 있었으나 왜적은 뭍으로 피신을 했는지 사람은 보이지 않았다.

"화공!"

"화공!"

나의 선창에 궁사들이 재창을 하며 모든 화살에 기름 묻힌 헝겊을 매달고 불을 붙였다.

휘리리리 휘리리리 휘리리리 휘리리리 휘리리리

불붙은 화살이 일반적인 화살과 전혀 다른 소리를 내며 왜적의 배를 향해 날아갔다.

불화살을 맞은 왜적의 배는 순식간에 불덩어리가 되었고 당장이라도 모든 배를 집어삼킬 듯 강한 바람과 함께 화염에 휩싸였다.

하늘은 우리 조선의 편이 아니었다. 어젯밤서부터 바람만 세차게 불던 날씨가 갑자기 비와 동반한 비바람으로 바뀌었다. 맹렬히 타들어 가던 불길은 퍼붓듯 쏟아지는 물줄기에 힘없이 죽었다.

"회선!"

난 배를 돌려 돌아가려고 했으나 모든 돛을 내렸음에도 거센 비바람은 이를 허락하지도 않았다.

"진격!"

나는 회선 대신 진격을 택했다. 부관 나대관이 자신이 잘못 들은 것인가 재차 물었다.

"회선이 아니고 진격입니까?"

"지금 이 비바람을 뚫고 회선 하려다가는 왜놈과 싸우기 전에 비바람에 진다. 그때 왜적이 우리 등을 친다면 속수무책이다. 그럴 바에야 차라리 진격해 놈들의 배와 같이 숨어버리는 것이 유리하다. 어차피 놈들도 비바람 때문에 아군과 적군을 식별할 수가 없어 우리를 공격할 수가 없다."

세시진(여섯 시간) 이상 세상을 다 집어삼킬 듯 하던 비바람은 거의 네시진이 다돼서야 잦아들었다.

"회선!"

난 배가 망가지지 않도록 묶었던 밧줄을 풀게 하고 회선을 명했다.

"회선입니까? 지금 왜적은 전의를 상실하고 뭍으로 숨어들었습니다. 총공격한다면 놈들을 섬멸할 수 있습니다."

허정이 또 반대했다.

"그만큼 우리 수군의 피해도 적지 않다."

"그거야 병가지상사 아닙니까?"

"왜 지는 것을 입에 담아!"

"진, 진다는 뜻이 아니고…"

"난 지는 싸움은 하지 않는다."

나의 서슬에 허정이 더는 토를 달지 못했다.

배를 전라좌수영으로 돌렸지만 세시진 이상 비바람에 시달린 병사들은 단 한 사람도 멀쩡한 사람이 없었다.

난 지치고 피곤한 것은 다 똑같기에 노꾼에게만 노를 젓게 하지 않고 모든 수병이 골고루 돌아가며 노를 젓게 했다.

비가 그치고 나자 구름 한 점 없는 밤은 만월이라 대낮 같아서 전라좌수영을 향해가는 뱃길을 도왔다. 배의 순항과는 반대로 나는 몹시 아팠다.

날이 궂으면 밥 먹듯이 찾아오는 가슴의 통증은 함경도 근무 때 오랑캐들과의 격전에서 얻은 부상의 후유증이다.

어젯밤 궂은 날씨가 시작되고부터 통증이 시작됐는데 오늘 비가 퍼부을 때 최악이었다.

모든 병사가 비바람으로 사경을 헤매고 있는 터라 아픈 내색을 못 했는데 긴장이 풀리니 통제할 수 없을 정도로 고통이 심했다. 그러나 부하들 앞에서 아픈 내색을 할 수가 없어 이를 앙다물고 참았다.

술시戌時가 다 돼서 우리는 전라좌수영에 도착했다. 어떻게 알았는지 늦은 밤임에도 많은 백성이 나와 우리 군의 승리를 축하했다. 그중에는 단이의 모습도 보였다.

나는 간단하게 해단식을 하고 숙소로 향했다. 눈치 빠른 단이가 내가 정상이 아님을 알고 내 곁에 다가와 나를 부축했다. 수군들의 이목이 있었지만, 원균 사건 이후 단이가 야간에 내 거처에 수시로 드나들므로 자연스럽게 단이는 나의 첩이 되어있었다. 그렇다고 아니라고 변명하기에는 이미 때가 늦었고 결국 마흔다섯인 내가 열다섯의 첩을 맞이했으니 참으로 기가 막힐 일이다.

그러나 잘 생각해보면 그다지 기가 막힐 일도 아닌 것이 내가 스물한 살에 혼인할 때 우리 집에 보내진 사주단지에서 적게는 열둘부터 많아야 열여덟의 처자가 대부분이었다. 상기하면 내가 지금 마흔다섯이기에 열다섯이 어린것이지 만일 지금 내 나이가 스물한 살이라면 결코 열다섯이 어린 나이는 아니다. 그러기에 원균도 단이를 여자로 보았다.

단이의 부축을 받으며 겨우 숙소로 돌아와 대청에 오르려다 디딤돌에서 미끄러지면서 대청에 머리를 박고 고꾸라지고 말았다.

"나으리!"

단이가 비명처럼 외치는 소리를 마지막으로 듣고 나는 혼절했다.

셋

파랑죽

임진년 5 월 9 일부터

5 월 1 1 일까지

임진년
5월 9일

"으, 으…"

신음을 내며 가까스로 눈을 뜨려 했으나 눈곱 때문인지 눈을 뜰 수가 없었다.

"정신이 드시어요?"

"여, 여기…?"

나는 몸을 일으키려 했으나 가슴의 통증으로 인해 몸을 움직일 수조차 없었고 입안이 말라 말조차 할 수가 없었다. 그런데 느낌이 맨몸이었다.

"걱정하지 마시어요, 여긴 나리의 침소이고 옷을 벗긴 건 군관들입니다."

단이가 내가 눈을 뜰 수 있게 물에 적신 헝겊으로 눈을 닦아주며 말했다.

단이는 내가 대청에 코를 처박고 기절했다고 했다. 육척인 나를 들 수가 없었던 단이는 부관 나대관에게 달려가 사태를 수습했고 난 나대관과 군관들에 의해 벌거숭이가 된 것이다.

"시장하시지요? 곧 죽을 올리겠습니다."

"무, 물…"

"어머! 내 정신 좀 봐."

딘이는 내 머리를 왼손으로 약간 들어 올리고 오른손에 든 물바가지를 입에 대며 말했다.

"물먹다 체하면 약도 없으니 입안만 적시셔요."

단이의 충고가 없더라도 난 물조차 제대로 삼키지 못해 물을 이불에 흘리는 꼴이 되었다.

"괜찮으시어요? 아프면 누구나 아기가 된답니다."

단이가 이불에 흘린 물을 닦으며 말했다. 바가지 물을 다시 입에 대자 단이의 말처럼 난 아기가 되어 물을 홀짝였다.

물을 마시자 단이가 접시에 받쳐 든 죽 그릇을 가지고 들어왔다.

난 밥이든 죽이든 입술은 터지고 갈라졌고 목구멍이 아파 뭐든 먹을 형편이 못되었다. 그런데 가지고 들어온 죽 색깔이 이상했다.

"무슨 죽이기에 이렇게 파랑색 일수가 있지?"

난 얼떨결에 마치 내게 묻고 있는 것처럼 말했다.

"말씀 그대로 파랑 죽입니다."

"파랑 죽?"

내 생전 보도 듣지도 못한 죽 이름이었다.

"소라나 전복 내장의 파랑 부분을 적재摘除(떼어냄)해 끓인 죽입니다."

"파랑이고 깜장이고 난 지금 아무것도 먹고 싶지 않다."

"나으리 의식주衣食住 입니다. 사람이 살아가는데 두 번째로 중요하다는 뜻이잖아요. 회복하기 싫으셔요?"

"아, 알겠다. 그럼 내가 먹겠다. 악!"

단이가 날 부추겨 일으키려 하자 내가 단이 손을 뿌리치려다 나도 모르게 소리를 질렀다.

"그것 보시어요. 그냥 쇤네에게 맡겨주시어요."

"앉혀만 주거라 그럼 내가 먹겠다."

"앞섶은 어찌하시렵니까?"

단이가 내 가슴을 가리켰다.

난 단이가 시키는 대로 거의 누운 자세에서 단이의 왼팔에 몸을 맡겼다.

"아!"

단이가 '아' 하며 입을 벌리라 하였다.

"내, 내가 먹으마."

"한쪽 가슴이 나옵니다."

팔을 내밀자 내 한쪽 가슴이 다 드러났다.

난 하는 수 없이 입을 벌릴 수밖에 없었다. 단이가 죽 숟가
락을 입에 넣자 난 깜짝 놀랐다. 그 맛이 얼마나 좋은지 지금
껏 단 한 번도 먹어보지 못한 죽이었다.

"이것이 정녕 소라와 전복의 내장 죽이더냐?"

"왜? 이상한가요?"

"그게 아니고 너무 기특한 맛이이시…"

"그래서 쇤네가 한번 드셔보시라고 한 것이지요."

난 순식간에 죽 그릇을 비웠다.

"소라와 전복의 내장으로 죽을 끓였으면 살은 네가 먹었느
냐?"

"아니지요, 살도 같이 넣고 끓였지요."

"살이 전혀 씹히지 않던걸."

"아픈 나으리께 올릴 건데 누가 소라와 전복 살을 그냥 넣
고 끓입니까? 얹히면 어쩌라고, 절구에 넣고 빻았죠."

난 단이의 깊은 생각에 혀를 내둘렀다. 단이는 점심과 저녁
에도 파랑 죽을 내왔다

"이 파랑 죽은 어촌 주막에서도 파는 음식이냐."

"나으리 파랑 죽은 쇤네가 붙인 죽 이름입니다. 보통 주막
에서는 전복이나 소라의 내장도 함께 넣고 끓여 달라 하셔야
합니다."

"이 맛있는 것도 빼고 끓이라는 인사가 있느냐?"

"어떤 양반님네들은 내장이 똥이라 생각하고 빼라고 호통을 치신답니다."

"그렇기도 하겠구나."

난 절로 고개를 끄덕였다.

"그러니 맛난 내장은 우리 천것들의 차지가 되옵지요."

입을 막고 웃는 단이의 모습이 귀여웠다.

어두워지자 단이가 서기를 준비했다. 난 그제야 단이가 내가 적어준 서기도 없이 기록한 서기가 생각이 났다.

난 벼루에 먹을 갈고 있는 단이에게 말했다.

"출정 전 내가 얘기한 것을 듣고 네가 기록한 서기를 보았다. 그런데 그 서기에는 언문밖에 모른다던 네가 한자로 정확하게 내가 한 말을 적었다. 네가 언문밖에 모른다고 속였던 연유가 무엇이냐?"

내 말을 듣고 단이는 갈던 벼루에서 먹을 멈췄다. 그리고 잠깐 그렇게 있었다.

"말씀드릴 수 없습니다."

"뭐!"

난 단이의 의외의 대답에 잠깐 당황했다.

"허면 네 어미 질임에게 물어보지."

"그럼 그렇게 하시지요."

단이는 몸을 일으켜 밖으로 나갔다.

"다, 단아! 악!"

난 단이를 불러 세우려고 몸을 일으키다 비명을 지르며 쓰러졌다. 평소 같으면 놀라 뛰어 들어올 단이었는데 안부조차 없었다.

나는 겨우 몸을 추스르고 누워 단이의 행동에 대해 생각했다. 그리고 결론에 도달했다. 내가 단이에게 던진 말은 물은 것이 아니고 문초였다. 단이는 나의 이런 태도에 화가 난 것이 틀림없었다. 난 단이 내일 아침 조반을 들고 들어오면 따듯하게 되묻기로 했다.

임진년
5월 10일

　닭 우는 소리에 잠을 깬 나는 아직 가슴에 통증은 있었지만 거동하기에는 지장이 없을 만큼 회복했다. 이는 뭐니 뭐니 해도 단이의 파랑 죽을 먹고 회복한 것이다.

　"아니 단이는 어딜 가고 어멈 이 조반상을 들여오는가?"
　난 혼인한 여자에게는 상대가 아무리 지체가 낮아도 절대 하대를 하지 않는다.
　"글쎄 쇤네가 일어나보니 단이가 없어 먼저 부엌일을 준비하는가 보다 하였는데 아무 곳에도 이 아이가 없습니다."
　"그래?"
　"아니 얘가 말도 없이 어디를 갔는지…"
　"이런 일이 자주 있는가?"

"아뇨! 단 한 번도 없었습니다."

손사래를 치는 단이 어미를 살피니 그녀 또한 풍기는 이미지가 단이와 별반 다르지 않았다. 단이 어미가 뭔가 이상함을 느꼈는지 내 시선을 피해 서둘러 방에서 나갔다.

난 단이가 없어진 것이 걱정되어 숟가락이 손에 잡히지 않았다. 그런데 단이는 점심에도 저녁에도 보이지 않았다. 난 조바심이 났지만, 단이 어미에게 내색하지는 않았다.

그렇다고 해서 단이에 대해 그 어미에게 물어볼 수도 없었다. 단이가 하지 못한 말이라면 그 어미도 같은 처지일 것이다.

더욱이 걱정되는 것은 관비는 관청의 재산이었기에 만일 단이가 달아나기라도 했다면 최고 사형에 처하는 형벌이 뒤따르고 있다. 그것을 모르지 않는 단이가 행적을 감췄다는 것은 내가 어젯밤 저지른 문초 같은 질문이 그만큼 단이에게 충격이었다는 뜻이다.

날이 어두워져도 단이가 돌아오지 않자 난 안주부득安住不得(불안하여 편히 앉아있을 수가 없다.)하였다.

그래서 마음을 추스르기 위해 지필묵을 준비하고 벼루에 먹을 갈았다. 다른 이는 어떤지 몰라도 나는 벼루에 먹을 갈 때면 격한 마음이 안정되었다. 또한, 서기에 단이에게 하고 싶은 말을 적어놓으면 내가 하고자 하는 말을 전달할 수도 있으니 이 또한 나쁘지 않았다. 먹을 갈고 무엇부터 써야 할지 붓을 들고 생각했다.

"나으리 쇤네여요."

단이의 목소리다. 나는 너무 반가워 지필묵을 한쪽으로 재빨리 치웠다.

"들어오너라."

방문을 열고 들어온 단이의 얼굴은 까지고 옷은 찢기고 목불인견이었다.

"아니 네 몰골이 왜 그러하냐?"

"그런 일이 좀 있었습니다."

"여자 얼굴이… 일단 씻고 오너라."

단이는 어미 질임에게 내가 종일 찾았다는 말을 듣고 몸도 가다듬지 못하고 달려온 것이다.

"나으리 어제 여쭈운…"

"아! 그래, 내 그것 때문에 널 종일 찾았다. 단아 내가 하고자 했던 말은 말이다…"

"나으리 쇤네가 먼저 말씀드리겠습니다."

"그래? 그럼 그리해라."

단이가 마른 침을 삼키더니 말했다.

"쇤네가 서기를 비밀로 할 요량이면 언문으로 적거나 아니면 아예 적지 않아야 했습니다. 그런데 한자로 서기를 하고 오히려 정색하였으니 적반하장이지요."

단의 외고조부는 중종반정 때 옥좌에서 퇴출당한 연산임금
의 최측근(임사홍으로 추정됨)이었다.

중종반정으로 그 가문은 멸문지화를 당했고 단이의 외고조
모는 자진하였다.

죽기 전 외고조모는 단이의 외증조모에게 멸문지화의 부당
함을 피력했다.

이때 남자는 모두 죽었고 여자들은 모두 관비가 되었다. 단
이의 외할머니는 자신의 이름자에 중종반정 때 죽은 할아버
지의 성을 넣어 그 가문을 이어가게 하였다. 그리고 훗날 고조
부에 대한 멸문지화의 부당함을 알릴 기회가 오면 알려야 한
다고 했다. 그래서 단이 어미는 질임, 단이는 임단이 되었다.

"저의 임씨 문중은 연산 임금님 때 임금님을 잘못 보필한
죄로 멸문지화를 당했습니다. 그럼 생살여탈生殺與奪권을 가지
고 있는 임금님께 목숨을 걸고 정치의 부당함을 알려야 한다
는 말이 온데, 그럼 지금 임금님의 신하도 임금님이 백성을
버리고 도망가는 것은 부당하다고 해야 하지 않습니까?"

"얘! 얘야 너, 너, 큰일 날 소릴…"

"나으리께서도 제 말이 틀리다 생각하십니까."

나는 할 말이 없었다. 단이의 말이 하나도 틀린 것이 없기

때문이다.

내가 북방에서 오랑캐와 대치할 때도 조정은 날 불러들여 감옥에 가두고 목을 치려 한 것이 한두 번이 아니었다.

"아휴 냄새. 이렇게 냄새가 나는 곳에 있다간 생사람도 병에 걸리겠어요."

단이가 분위기를 바꾸기 위해 모든 방문을 열어 재꼈다. 물론 내가 흘린 땀 냄새로 방안 공기가 나빴다.

"쇤네가 씻으면서 부엌 아궁이 가마솥에 나으리의 목욕물을 얹어놓았습니다. 목욕통에는 미리 찬물을 받아놓았으니 나으리는 가마솥의 물을 타 목욕하기 적당한 온도를 맞추시기만 하면 됩니다."

"얘야, 나는…"

"그럼 이 냄새를 안고 사시렵니까?"

나는 하는 수 없이 쭈뼛쭈뼛하며 부엌으로 갔다.

목욕은 정말 좋았다. 몸에서 나는 땀 냄새를 없애주는 것은 물론 쌓였던 피로도 같이 날려 보냈다. 나는 흥이나 저절로 시조가 읊어졌다.

어두운 밤 부엌에서

며물과 어우러져

스스로 눈을 감고

오늘 일 되새김 할 적에

내가 모르고 지낸 세월이

무색하여 웃노라

"그렇게 좋으셔요?"

"단아! 너…"

"걱정하지 마셔요. 아무것도 보이지 않습니다."

단이가 등잔불을 입으로 불어서 껐다.

"어허! 그래도 남녀칠세부동석이거늘."

"나으리 우리가 부부인 것을 잊으셨어요?"

"그것은 원수사의…"

"알았으니까 돌아누우셔서 부엌 천정을 보셔요."

"어허 또 무슨 이상한 짓을 하려고?"

"그래서 손해 본 것 있으셔요?"

없었다. 그래서 나는 하는 수없이 천정을 보고 누웠다. 그러나 어두워 아무것도 보이지 않았다.

"아무것도 보이지 않는데 뭘 보란 말이냐?"

"천정을 보듯 누우시라는 뜻이지요.

말을 하며 단이는 머릿밑까지 오는 받침대 위 세숫대야에 더운물을 붓고 손을 담가 온도를 맞췄다. 부엌 밖에는 달이 만월이라 그 정도의 식별은 가능했다.

"머리는 엎드려 감는 것 아니냐?"

단이가 내 머리를 감긴다고 했다.

"그건 혼자 감을 때죠. 이렇게 해야 얼굴을 적시지 않고 머리만 감길 수 있습니다."

단이가 조심스레 망건을 벗기고 상투를 풀었다.

"아니 이건 무슨 냄새지?"

단이가 상투를 풀고 머리를 더운물에 적시고 뭔가를 발랐는데 화(박하향)한 향기가 머리를 감쌌다.

"세신 향입니다."

"세신?"

"네! 진통 효과가 있는 약초인데 이렇게 머리에 바르면 이와 서캐를 죽일 수도 있습니다."

"그게 정말이냐?"

나는 이와 서캐를 죽일 수 있다는 말이 너무 기뻤다. 이라는 놈은 사람을 너무 괴롭혀서 어떤 때는 머리가 너무 가려워 머리를 홀랑 벗은 민중이 부러울 때가 한두 번이 아니었다.

거기다 더욱이 신기한 것은 머리 이는 머리 색깔과 같은 검은색이고 몸에서 기생하는 이는 살색이니 조물주는 참 재주도 좋으시다 생각했다.

"이불과 방바닥에도 세신을 뿌려놓았으니 앞으로는 빈대 벼룩도 다 도망갈 것이옵니다."

"아니 그 좋은 녀석을 네가 어찌 가지고 있느냐?"

"이 녀석을 캐기 위해 온종일 산을 이 잡듯 뒤졌지요."

"그럼 오늘 네가 행방이 묘연했던 이유가 이 녀석을 캐기 위함이냐?"

"네, 나으리가 너무 고통스러워하시기에 새벽에 집을 나섰습니다. 세신은 통증에도 탁월한 효과가 있습니다."

난 너무나 감격해 몸을 돌려 단이의 얼굴을 두 손으로 잡고 자세히 보았다. 달빛에 단이의 까진 얼굴이 드러났다.

"세신으로는 네 얼굴부터 치료해야겠다."

기침(아침에 일어남)하니 방안이 세신 향으로 가득했다. 나는 세신으로 단이의 얼굴을 치료했다. 단이는 귀한 약제를 바를 수 없다고 했지만 나는 약제보다 네가 더 소중하다 하였다.

그 말에 단이가 펑펑 울었다.

"실은 세신을 이빨로 으깨어 물과 섞어 입으로 뿌렸습니다. 그때 세신을 뒤집어써 따로 바를 필요는 없습니다. 그때 입이 마비돼 제 말이 좀 어눌하지요."

어눌한 단이의 말이 더 귀여웠다.

"이, 이건… 네, 네놈들 뭐하는 놈들이냐?"

나는 귀선의 모습을 보고 너무 화가 나 말이 잘 안 나왔다.

출정에서 돌아온 귀선과 판옥선이 해단식을 했던 그대로 방치되고 있었다.

바닷물을 뒤집어쓰고 싸웠던 귀선은 시뻘겋게 녹이 슬었고 판옥선 또한 심한 비바람으로 파손된 그대로였다.

"무슨 말씀이시 온지?"

귀선을 타고 총 지휘했던 전부장 배응록이 영문을 알 수 없다는 듯 쩔쩔맸다.

"출정을 마쳤으면 배의 정비가 기본 아니냐!"

"하오나 수사님께서 뭔가 지시를 하셔야… 편찮으셔서…"

"이런 한심한 내 명령이 없으면 계속 이대로 내버려 둘 셈이었더냐?"

"목수와 대장공들에게 타진하였으나 그들도 수사님의 말씀을 듣고 처리하여야 한다기에…"

"이런 한심한, 그럼 너희들은 내 명령이 없으면 아무것도 할 수 없느냐? 그럼 명령이 없는 데 밥은 어찌 먹었느냐?"

귀선은 바닷물을 먹어 불과 며칠 사이에 녹이 너무 슬어 철갑 뚜껑의 쇠꼬챙이조차 쉽게 빠지지 않았다. 하는 수 없이 귀선을 땅으로 끌어 올려 처음 만들 때와 마찬가지로 흙으로 주위를 쌓아 조립을 해체하기로 했다. 그러나 귀선의 가장자리를 막고 있는 대포 방어용 쇠마저 녹이 슬어 붙어버려서 요지부동이었다.

그때 목수 대장 양충호와 대장공 대장 허장대가 내 부름을 받고 왔다.

"임자들은 배가 전쟁에서 돌아왔으면 정비부터 했어야지 버려둬 이 꼴이 무엇인가?"

"꾄칭에시 부르질 않는데 저희가 무일 어찌해야 하옵는지요?"

"군관들이 아무도 임자들에게 기별하지 않았단 말인가?"

양충호와 허장대가 내 주위의 군관들 눈치를 살폈다.

"아 알겠네."

난 양충호와 허장대를 곤란하게 만들 수는 없었다.

"이게 너무 녹이 슬어 꼼짝하지 않는데 무슨 방법이 있겠는가?"

난 화제를 바꾸려고 귀선의 포 구멍을 막는 철판을 가리켰다.

"쇳덩어리라면 소인이 전문가가 아닙니까?"

허장대가 말했다.

"방법이 있다는 것인가?"

"간단합죠."

"간단하다고?"

허장대가 녹을 없앨 수 있는 도구와 대장공들을 부르러 갔고 난 목수 대장 양충호에게 파손된 판옥선들을 살펴보고 그에 맞는 보수를 하라고 지시했다.

잠시 후 십여 명의 대장공들이 화로와 숯 그리고 풍구를 들고 나타났다. 그리고는 귀선의 테두리에 화로를 놓고 숯에 불을 붙이고는 풍구를 돌렸다.

풍구 바람에 불길이 귀선의 못 연결 부위로 가자 놀랍게도 빨갛게 감싸고 있던 녹이 쇠에서 분리되고 가볍게 망치로 툭툭 치자 힘없이 떨어져 나갔다. 그렇게 대장공들이 지나간 자리는 처음 귀선을 만들 때의 모습으로 돌아왔다.

대장공들은 녹이 없어지자 철갑에 연결된 부분의 못을 빼고 손쉽게 귀선을 해체했다.

귀선의 등은 아래 목제 문을 연 다음 역시 망치로 쇠꼬챙이를 치고 이음새 부분만 열을 가해 뚜껑을 떼어냈다.

모래사장에 장작으로 불을 피우고 녹슨 철판을 올려놓고 구우니 자동으로 녹이 제거됐다.

나는 불을 이용해 손쉽게 녹을 제거하는 방법을 보고 경이롭다 못해 신비로웠다.

어느 분야에나 전문가가 있고 아무리 전쟁에 나가 싸우고 이긴다 해도 이런 장인들의 뒷받침이 없다면 승리가 쉽지 않으리라 생각했다.

점심때가 되니 단이 허정許靜을 앞세우고 부엌일을 하는 아낙들과 함께 점심을 내왔다. 사람의 수를 언제 가늠했는지 식사의 양이 정확하고 푸짐하였다.

"승리 후 처음 하는 점심이라 경상우수영 만호 허정께서 사비로 돼지 한 마리를 내놓으셨습니다."

단이 푸짐한 돼지고기에 관해 설명했다.

"이수사님께서 매우 편찮으셨다 해서 제가 선심을 좀 썼습니다."

허정이 게면쩍게 웃었다.

"고맙네."

난 조급한 성질만 죽이면 허정도 훌륭한 장수가 될 수 있는 인사라 생각했다.

단이가 같이 온 아낙들과 밥과 돼지고기를 돌리는데 군관들이 단이를 부를 때 어찌 불러야 할지 쩔쩔맸다.

그도 그럴 것이 평상시에는 그냥 단아하고 쉽게 부르던 명칭이 내 첩이라 공포를 하고 나니 아무리 나이가 어리다 해도 좌수사의 첩을 예전에 부르듯 단이라고 할 수도 없고 나이 어린 첩에게 극존칭인 씨氏를 붙일 수도 없는 노릇이라 여기요, 저기요, 라고 부르며 그냥 얼버무렸다.

나 또한 주위에 누가 있을 때 단이를 어찌 불러야 할지는 난감하기가 매한가지였다. 난 내가 나서서 단이의 명칭을 정립해야 한다고 생각했다.

　점심을 먹은 나는 목수와 대장공들이 귀선과 판옥선을 보수하는 것을 전부장 배응록에게 최대한으로 도우라 지시하고 동헌으로 돌아왔다.

　나는 동헌 집무실에서 귀선 속도에 대한 취약점을 어떻게 해결해야 할까 고민했다.

　"나으리 단술이라도 한잔 올릴까요?"

　"예끼 대낮부터 웬 술이냐! 것도 혼자서."

　"감주 말이어요. 조선말이 어렵습니까?"

　"아! 감주, 그게 순수 조선말로는 단술이겠구나."

　나는 단이가 가지고 온 단술을 마셨다. 그런데 생각보다 달고 시원했다.

　"이 여름에, 참으로 시원하구나."

　"아무리 초여름이어도 환절기에는 낮과 밤 기온 차이가 심해 밤에 우물물에 담가놓았다가 해가 뜨기 전 물과 함께 그늘에 옮겨놓으면 그 찬기를 유지할 수 있습니다."

　"넌 대체 못 하는 것이 무엇이냐?"

　"나으리와 함께 출정은 못 하옵니다."

　"출정! 하하하 그렇구나. 그런데 너는 어떻게 생각도 않고 즉답을 하느냐?"

"쇤네도 남정네라면 조선을 침략하고 우리나라 백성을 아무런 이유 없이 죽이고 코를 베어가는 왜놈들을 한 놈도 남기지 않고 죽여 없애고 싶습니다."

그렇게 말하는 단이의 눈빛이 매서웠다.

"헌데 왜놈들이 베어가는 것은 귀가 아니더냐?"

"처음에는 귀를 베어갔는데 요즘에는 코를 베어간다고 합니다."

"코든 귀든 그걸 베어다 무얼 하려고?… '눈감으면(죽음) 코를 베어 가는 세상이 되었구나…'(이때 눈감으면 코 베어 간다는 말이 생겼다고 함) 쳐 죽일 놈들."

"잡아 온 왜놈들이 있으니 왜 코를 베어 가는지 여쭈시어요."

"허! 그러면 되겠구나."

난 빨리 머리가 돌아가는 단이를 빤히 보았다.

"어찌 그러시어요?"

단이가 나의 눈길을 피하며 되물었다.

"실은 말이다. 이번 귀선이 출정에서 취약한 부분이 있었는데 혹시 단이 너라면 그걸 해결할 수 있지 않을까 해서 말이다."

"무엇이온데요."

"귀선이 무게 때문인지 바람에 취약해 영 속력이 나질 않더구나.”

“혹시 거북이 관찰을 잘하시지 않은 건 아니옵고요?”

“거북이 관찰?”

“네, 거북이를 보고 철갑선을 만드셨으면 거북이를 세심히 관찰하셨는지요?”

“내 딴에는…”

“뭘 그렇게 고심을 하셔요? 지금이라도 가서 보시면 되잖아요?”

“아직 거북이가 있느냐?”

“나으리가 거북이를 보고 귀선을 만드셨으니 몇 마리는 그냥 보관하고 있지요.”

거북이가 있는 수통에는 며칠 되지도 않았는데 새끼 거북이가 제법 많이 자라 그 형태가 제법 의젓하였다. 나는 그중 한 마리를 잡아 유심히 관찰했다.

“거북이 위험을 느끼면 얼굴을 숨기는 것 아니냐?”

“그건 땅거북이 얘기지요. 바다 거북이는 숨기지 않습니다.”

“넌 거북이도 통달하였구나.”

“통달이라기보다 나으리가 거북을 보고 귀선을 만드셨으니 조금 세심히 보는 것뿐입니다.”

“나는 아무리 봐도 새끼 때와 별반 다르지 않은데 넌 뭐가 다르냐?”

나는 거북을 이리저리 살피며 말했다.

“쇤네가 보기에는 아주 다르옵니다.”

“무엇이 말이냐?”

“나으리는 거북 등에서 뭔가를 찾으려 하시는데 뒤집어놓고 배도 살피시어요.”

“배? 배도 다 보았다.”

난 거북을 뒤집으며 말했다.

“뭘 보셨습니까? 쇤네가 보기에는 매우 다른데요.”

“달라? 뭐가?”

아무리 살펴보아도 새끼 때 거북과 별반 다르지 않았다.

“여길 보시어요.”…”

단이가 손가락으로 거북이 배의 가운데를 가리켰다.

“거기가 뭐 어떻다는 것이냐?”

“약간 안으로 패인 곳이 보이지 않으셔요?”

“패인 곳?”

자세히 보니 거북 배 가운데가 머리 부분부터 꼬리가 있는 곳까지 미세하게 패어있었다. (바다거북은 수십 종류로 종류에 따라 홈이 없을 수도 있음)

“거북이가 미세하지만 배 한가운데가 패어있다는 것은 뭔가 필요 때문에 진화된 것이 아닐까요?”

"글쎄 네 말이 이해가 가긴 가는데 이 미세한 홈이 무슨 큰 작용이야 하겠느냐?"

"지금 그 크기의 홈이니 미세하지만 귀선의 크기면 아마 만 배도 넘을 텐데 그때도 미세할까요?"

"그렇다! 커질 때는 홈도 굉장하겠구나."

"그 홈에 양쪽으로 노를 달면 속도가 두 배는 빨라지지 않겠어요."

"너는 처음부터 이걸 알고 있었단 말이냐?"

"그냥 쇤네의 생각이었을 뿐이지요."

"그런데 귀선을 만들 때 왜 말하지 않았느냐?"

"그때는 나으리와 쇤네가 친절한 담화가 없을 때 옵니다."

나는 목수 대장 양충호를 불러 거북이 배를 보여주며 홈에 노를 달 수 있는지 타진했다. 양충호는 달 수 있다고 했고 물결이 가운데로 양분돼서 흐르기 때문에 속도가 두 배는 빨라지고 만일 노까지 젓는다면 네 배는 빨라질 거라고 했다.

"그럼 만들어놓은 귀선도 이렇게 바꾸면 되겠군."

"뜯어서 바꾸는 것은 새로 배를 만드는 것만큼 오래 걸리고 번잡합니다."

"그건 또 왜?"

"우리는 왜놈들처럼 배에 쇠못을 사용하지 않아서 해체가 만드는 것보다 더 힘듭니다.”

　판옥선은 나무로 끼워 맞추듯이 만들었기 때문에 일단 조립이 완성되면 한 몸이라 결국 부숴야 해체할 수 있었다. 하는 수 없이 새로 만드는 귀선을 앞세우고 먼저 만든 귀선은 뒤에서 포 공격을 위주로 사용해야겠다고 생각했다.

　그리고 단이 생각을 다시 한 번 더 들어보기로 했다.

　날이 어두워지고 단이와 서기를 하기 위해 자리를 같이했다. 이제는 내가 얘기를 하면 단이가 한자로 적었으니 나는 서기를 하지 않아도 되었다. 그러다 보니 며칠 일기도 지나쳤다.

　나는 단이에게 귀선의 효율성과 바람의 취약성에 관해 설명했다.

　“그것이 고민해야 할 사안이옵니까?”

　“이미 만들어놓았는데 방법이 없지 않으냐.”

　“뒤에서 판옥선이 귀선을 밀면 되지 그게 무슨 걱정거리인지요.”

　“판옥선이나 귀선이나 앞뒤 모양이 둥근데 그것이 가능하겠느냐?”

　“왜 그냥 밀 생각을 하시어요?”

　“그냥 밀지 않으면?”

"판옥선에 귀선이 옆으로 돌아가지 못하게 장치를 하면 되지요."

단이가 양손으로 귀선을 잡는 모양새를 취했다.

"밀 때는 그렇다 치고 귀선과 분리되면 그땐 그 장치가 판옥선의 속도를 방해할 것 아니냐?"

"벌린 채로 그냥 있으시려고요?"

단이가 벌린 양손을 안으로 오므렸다. 그 모습을 보며 나는 단이가 작고하신 먼 친척 형수(신사임당)님 못지않은 여걸임을 의심치 않았다.

"그런데 단아 네 호칭 말이다."

"아! 그것도 생각한 것이 있습니다."

"너도 인지하고 있었느냐?"

"제 이름이 단인데 '여기요' '저기요'라고 불릴 순 없지요."

"그럼 나는 어찌 불렀으면 좋겠느냐?"

"일단 하 대칭에서 끝맺음을 가, 또는 게로 바꾸시고요."

"가, 게?…"

"뱀밭(아산)의 첩에게도 이름을 부르고 하대를 하십니까?"

"그야 정식 내 사람이니…"

"여기선 쇤네도 수사님 사람이옵니다."

"아, 알겠다. 그러면 널 뭐라 부르지?"

"여기 전라도 사투리 이녁이라 불러 주셔요."

"이녁?"

"너보다는 약간 높임말이고 자네보다는 약간 내린 말입니다."

"적절한 표현 같군!"

"쇤네도 앞으로는 쇤네라 하지 않고 이녁이라 하지요."

"그래? 그러려무나."

"그러게 입니다."

"그러게? 아! 그러게."

"뱀밭 아씨의 통칭은 덕수이씨 전라좌수영 수사부인 상주 방씨로 지칭되시지요."

"굳이 따지자면 그리되겠지."

"이녁은 덕수이씨 전라좌수영 수사 이걸 '영' 으로 지칭하셔요."

"이걸 영! 그건 또 무슨 뜻이냐?"

"뜻인가? 입니다."

"아직 숙달이 안 돼서…"

"정실을 굳이 부른다면 '부인夫人' '여사女史' '여걸女傑' 등으로 부릅니다."

"그렇지."

나는 고개가 절로 끄덕여졌다.

"그중 좀 특별한 정실을 여걸로 지칭하지요."

난 또 형수(신사임당)님을 생각했다.

"그렇지."

"여걸 다음 두 번째 '이걸二傑' 첩으로도 두 번째 '이걸'입니다. 그리고 수사님 덕수이씨의 이도 되옵니다."

"그럼 마지막에 영은 무엇이지?"

"전라좌수영의 '영' 입니다."

"전라좌수영의 '영!' 이라고?"

"수사님이 좌수영을 비우시면 이녁이 좌수영을 지킵니다. 그래서 '영'입니다"

"너, 너는 이런 날이 올 것을 예측하고 이름까지 지어 놓았느냐?"

"이녁이고, 낳는가입니다."

"내 유념하지, 그러한가?"

"이제 수군들에게 이녁의 호칭을 '이걸' 또는 '영'으로 호칭하고 끝에 존대를 붙이면 됩니다. '이걸' 저는 뭘 하죠? '영' 이리 오세요. 이런 식으로요."

넷

마늘점

임진년 5월 12일부터

5월 16일까지

임진년
5월 12일

나는 부관 나대관에게 정립한 단이의 호칭 이걸영을 하달했다. 나대관은 내가 내성을 따서 단이의 이름을 지은 것이라 지레짐작했다. 관례상 신분 낮은 첩(관비)은 수사의 성을 따르는 것이 내려온 전통이었다.

부관 나대관이 모든 수군에게 단이의 이름을 정립하니 그동안 단이의 호칭으로 몸살을 알던 군관들이 아주 많이 흡족해하였다.

나는 귀선을 새롭게 만드는 현장에서 귀선의 바닥을 만드는 생성과정을 유심히 지켜보았다. 목수들의 눈썰미는 대단해서 어떻게 한 번 보고 수만 배나 큰 배를 완성하는지 정말 대단하다고 생각했다.

목수들과 담소하며 점심을 먹고 있는데 원균이 왔다는 연

락을 받았다. 난 민병상황을 보러 가겠다고 떠난 그가 다시
왔다는 것이 의아했다.

점심을 먹고 동헌으로 가니 원균이 떠날 때의 모습 그대로
나를 기다리고 있었다.

"민병대 상항을 보러 가는 것이 아니었습니까?"

"민병대 상황이랄 게 없어요. 양반들 대신 모인 잡놈들뿐
이에요."

"그렇게 모여 대리군이 되는 거 아닙니까?"

"그들을 모아 군인으로 만들어야 하는 놈도 오다가 도망갔
어요."

"그건 전라좌수영을 떠나기 전에도 다 알고 있었던 것 아
닙니까?"

"암튼 우리 수군을 데리고 경상우수영으로 돌아가겠습니
다."

"그렇게 하시지요."

"나라면 적진포에서 왜적들을 섬멸할 수 있었을 텐데 화
공을 써 겨우 십여 척을 불태웠다니 정말 애석합니다. 그리고
똑같이 싸웠는데 우리 수군의 공적이 과소평가된듯합니다."

그제야 원균이 되돌아온 이유가 짐작됐다. 내가 왜적을 상
대로 연승했다는 소식이 이미 육지로 전해졌다. 원균은 자신
은 왜적의 숫자만 보고 줄행랑을 쳤는데 뚜껑을 열고 보니 왜

적이 숫자만 많았지 바다에서는 별 볼 일 없는 수군임을 알고 부랴부랴 전라좌수영을 되돌아온 것이다. 거기다 우리가 조정에 보고한 전적의 내용까지 알고 있었다.

허정이 경상우수영으로 돌아가지 않으려 했다. 내게 잡아 달라는 부탁을 했지만, 그는 원균의 직속 부하였고 전라좌수영에서는 그가 딱히 할 수 있는 역할도 없었다.

원균이 돌아가며 판옥선 몇 척만 빌려 달라 하여 난감했다. 있는 판옥선을 바다에 모두 수장시키고 우리도 출정에서 망가진 판옥선을 수리하고 있는데 정말 난감한 부탁이었다.

그러나 지금 겨우 싸울 의지가 불타고 있는데 그걸 꺾어버리는 것보다 차라리 판옥선을 나누어주어 왜적을 섬멸하는 데 도움이 된다면 나쁜 일도 아니라 생각했다. 그래서 판옥선 여섯 척을 원균의 대장선과 같이 보냈다.

원균은 고맙다고 연신 절을 하며 경상우수영 수병들과 같이 떠났다. 나는 떠나는 허정의 손을 굳게 잡아주며 건투를 빌었다. 불과 며칠 되지는 않았지만, 생사를 같이했던 시간이라 우리의 마음은 돈독했다.

원균이 떠나고, 나는 다시 새롭게 만들고 있는 귀선을 돌아본 다음 동헌으로 돌아왔다.

찌는 더위로 관복을 벗고 집무실에서 새로운 귀선의 활용 방안을 모색했다.

"서방님 이녁입니다. 단술 올릴까요?"

"서방? 오 그래, 내 마침 속이 타던 차다."

"아까운 배를 경상우수영에 던지셨으니 속이 타시겠죠?"

"단아! 그건…"

"서방님 이녁입니다."

"그래, 이녁 그건 말이다."

"말일세입니다."

"그래 이녁 그건 말일세, 좀 천천히 고치자."

"서방님이 빨리 고치셔야 군관들도 고칩니다."

"서방님은 이녁이 군관들에게 하대를 받았으면 좋겠어요?"

"그래도 하대를 하는 군관들은 없지 않아?"

"이걸영으로 불리지 않으면 그 책임은 다 서방님 때문이옵니다."

"그런데 너, 아니 이녁은 어찌 그리 서방님 소리가 자연스럽게 나오는가?"

"오늘 온종일 연습한 결과입니다. 서방님."

나는 다시 한 번 단이를 유심히 보았다.

"새로운 철갑선은 진척이 있으신가요?"

"배 밑 부분을 만들고 있는데… 이녁 말대로 그 홈이 아주 크다네."

"모습은 먼저의 귀선 모양대로 하실 건가요?"

"그거야 용머리가 화려하고 또 놋쇠라 만들기도 편하니…"

"거북이 모양대로 만들면 귀선이 아니고 거북선입니다."

"거북선?"

"네! 그러니 거북이 모양대로 만드셔야죠."

"그런데 거북이 얼굴은 너무 순해서…"

"쇳덩어리로 만들면 순하지 않습니다."

"쇳덩어리는 만들기가 여간 까다로운 것이 아니네."

"누가 그러던가요?"

"그거야 대장공들이…"

"그럼 전쟁에 나가서 지면 대장공 탓을 하시렵니까?"

"난 지는 싸움은 하지 않아!"

"그러면 쇳덩이로 철갑선 머리를 만드세요. 그리고 그 머리로 왜적의 배를 들이받으세요."

"들이받아?"

"그리고 거북이 입을 통해 불 솔방울을 퍼붓는 겁니다."

"하지만 대장공들이…"

"대장공들은 못 만드는 것이 아니고 편해지려는 겁니다. 그 편한 빌미는 서방님이 제공하셨고요. 우리는 전쟁에서 이겨야 하고 이기기 위해서 귀선이 아닌 거북선을 만드는 겁니다.”

“거북선!”

“거북이 모양대로 만들면 귀선이 아니고 거북선입니다.”

임진년
5월 13일

난 대장공 대장 허장대를 동헌 집무실로 불렀다. 허장대가 잔뜩 겁을 집어먹고 쭈뼛대며 집무실로 들어섰다. 그동안 내가 귀선 만드는 곳을 찾아다니며 지시했지 대장을 집무실로 부른 것은 처음이었다. 이 또한 단이 허장대를 집무실로 불러 겁을 줘야 한다고 했기 때문이다.

"귀선의 머리를 거북이 머리와 똑같이 만들고 싶은데 가능한가?"

난 거두절미하고 본론을 꺼냈다.

"놋쇠로야 뭐든 못 만들겠습니까요."

"내가 말하는 건 놋쇠가 아니고 철이야."

"철? 철이라시면…"

"쇳덩이!"

"쇠? 아이고 그건 여간 번잡한 것이 아닙니다."

"못 만드는 건 아니지?"

"뭐든 못 만들기야 하겠습니까, 만…"

"그럼 만들게."

"예? 예…"

마지못해 대답한 허장대는 거의 똥 씹은 얼굴이었다. 그런데 그게 왜인지 바로 알게 되었다.

오뉴월 무더위가 기승을 부리고 장마철이 다가오는 관계로 밥을 지을 때 아궁이에 얹어놓은 가마솥 안 같은 더위였다.

그런데 대포 포신 같은 무쇠 덩어리를 거북의 머리로 변화시키는 작업은 구경하는 나조차 뜨거워 혀를 내두를 정도였다.

화로 숯에 불을 붙이고 풍구로 바람을 일으켜 거북의 머리로 다듬는 작업은 그야말로 죽을 노릇이었다.

더위로 인해 나가떨어지는 대장공들이 속출했다. 허장대가 내 눈치를 보며 놋쇠로 바꾸면 안 되느냐는 눈짓을 보냈지만 난 모른 척했다.

장마가 시작되기 전에 거북선을 완성하기 위해서는 서두르지 않을 수가 없었다.

나는 거북이 머리를 만드는 것을 지켜보다 집무실로 갔다. 단이 나를 언제 봤는지 단술을 들고 따라 들어왔다. 하지만 단이는 거북선 머리에 대해 일언반구도 없었다.

"이녁, 왜 거북선 머리에 대해 아무 말도 없는가?"

"이 더위에 불 쇳덩이를 만지는데 무슨 말이 필요하겠는지요?"

"이녁은 그리될 것을 미리 알고 있었다는 말투로군."

"미리 알고 있었던 것은 아니고 대장공들이 왜 처음에 놋쇠를 고집했을까를 생각해보았습니다."

"결론은?"

"만들기가 쉬워서였습니다."

"이녁이 대장공인가? 쉬운 것을 어찌 알고."

"부엌에서 쓰는 놋주발, 놋대야 그것은 모두 대장공들이 만들지요."

"가마솥도 그들이 만들지."

"서방님이 잘 모르셔서 하는 말씀이온데 가마솥은 틀에 넣고 찍어 내지요."

"그게, 그런가?"

"아무튼 장마가 시작되기 전에 거북선을 완성하셔야 합니다."

"내 생각과 일치하네."

저녁상을 물리고 자리끼를 준비하는 단에게 마을을 가지고 오라 했다.

"마늘이요? 왜 점이라도 치시려는 겁니까?"

"아니 이녁이 그것을 어찌 아는가?"

"진짜셔요?"

"그러하긴 한데 이녁은 마늘 점을 어찌 아는가?"

"그럼 서방님은 마늘 점을 어찌 아시나요?"

"난 어려서부터 어머니가 마늘 점을 치시는 것을 지켜봐서 자연히 알게 되었네."

"그것 보셔요. 마늘 점은 아녀자들이 치는 점이랍니다."

"그러한가?"

"그럼 마늘 점을 왜 치는 것인지도 아시겠네요."

"점을 치는데도 이유가 있어야 하는가?"

"그것은 마님께 안 여쭈셨습니까?"

"어머니는 내가 마늘 점을 치는 것도 모르셔."

"그렇지요. 보통 남정네들은 마늘 점을 모르셔요."

"그런데 마늘 점을 치는데도 이유가 있는가?"

"마늘은 음식으로 먹는 것 외에도 아주 많이 쓰입니다."

"마늘이?"

"우선 우리가 먹는 쌀이 도정을 하고 오래 지나면 바구니 등 쌀벌레가 생기는데 마늘을 넣어두면 벌레가 생기지 않지요."

"호! 그러한가?"

"된장이나 간장도 오래 지나면 곰팡이가 피는데 마늘을 까서 넣어두면 곰팡이도 슬지를 않습니다. 그 마늘은 밑반찬으로도 아주 좋지요."

"그 외에도 또 쓰이는 데가 있는가?"

"옷을 보관하는데 같이 넣어두면 좀이 슬지를 않지요."

"호! 마늘이 그런 쓰임새가 있었군."

"그래서 여인네들이 액운을 막아주는 뜻으로 점을 치는 것입니다."

마늘 점은 쪽을 나눠서 가부를 정한 뒤 던져 위를 기준으로 좌측으로 넘어지면 운수가 좋은 것이고 우측으로 넘어지면 불길한 징조다. 간혹 벽에 걸려서 둥그런 부분이 보이게 되는데 그것이 마늘 점 최고의 점괘이다.

보통 농사를 짓지 않는 사람들은 마늘의 평평한 부분을 위로 알고 있는데 실은 뾰족한 부분이 위이다.

간혹 농사를 지을지 모르는 양반집 여인네들이 마늘을 텃밭에 심는 예가 종종 있는데 마늘을 거꾸로 심어 잎이 더디 나서 땅을 파보면 그 모습이 괴기하여 거의 무슨 지렁이 같은 느낌을 준다고 하였다.

임진년
5월 14일

　무더위가 기승을 부렸다. 동헌에서 업무를 보기조차 힘들었다. 나라에 제사가 있어 쉬는 날이면 업무를 보지 않아 얇은 옷을 입고 피해 갈 수도 있겠지만 업무를 볼 때는 기본적인 복장은 갖춰야 했기 때문에 여간 고역이 아니었다.

　단이가 부채질을 해준다고 했지만 마다했다. 부채 바람으로 나는 어느 정도 더위를 벗어나겠지만 부치는 사람은 얼마나 덥겠는가. 난 차라리 거북선의 진행 과정과 판옥선의 수리와 제작과정을 살펴보기로 했다.

　불을 달궈 며칠을 두들기고 때려대더니 거북선의 머리가 어느덧 제 모습을 갖추기 시작했다. 거북이 머리 모양이면 순해 보일 줄 알았는데 검은 쇳덩이는 그런대로 위용을 뽐냈다.

"수사님! 수리를 끝낸 귀선은 어찌할까요?"

대장공 대장 허장대가 거북선 머리 만드는 것을 지시하다 날 발견하고 다가와 말했다.

"수리를 끝냈으면 됐지 뭘 어찌한다는 건가?"

"비가 쏟아지면 애써 털어낸 녹이 다시 생깁죠."

"아! 그 생각을 못 했구나. 녹을 방지하기 위해서는 어떤 방법이 좋은가?"

"당연히 기름칠이 으뜸입죠."

"기름이라?"

"녹이 슬지 않기로는 소기름이 으뜸이온데 소기름이야 먹고 죽으려고 해도 없을 만큼 귀한 것이라서."

그랬다. 소는 농사를 짓는 일도 하지만 귀해서 나라에서 도축을 관리했다.

"뱀 기름은 어떤가?"

"뱀이라굽쇼?"

난 어릴 적에 어머니가 가마솥에 뱀 기름칠하는 것을 보았다.

"어머니 가마솥에 왜 뱀 기름칠을 하셔요?"

"응! 소기름과 돼지기름은 사람 먹기에도 없어 귀한데 이 동네에서는 흔한 게 뱀이어서 뱀 밭 아니냐?"

"뱀 기름을 칠하면 녹이 안 습니까?"

"집안에 큰 제사가 있으면 가마솥을 다 꺼내서 제사를 지낸 뒤, 가마솥에 뱀 기름칠을 해서 오랫동안 광에 보관했는데 조금도 녹이 슬지 않더구나."

난 땅꾼을 시켜 뱀을 잡아 오라 명하였다.

여름철에는 고향 뱀밭이 아니어도 어디든 흔히 보이는 것이 뱀이어서 땅꾼뿐 아니라 좌수영 근처의 백성들이 모두 뱀 사냥에 나섰다.

불과 하루가 지났는데 많은 뱀이 잡혔다. 난 뱀 값을 유엽전(화살촉돈)으로 주고 화살을 만들어오면 그 값을 후히 쳐준다 했다.

잡아 온 뱀을 기름으로 만들라고 지시를 하고 있는데 대장공 대장 허장대가 내게 다가 와 말했다.

"좌수사님 잡아온 뱀이 너무 많은데 저희 대장공들에게 좀 나누어주시면 고맙겠습니다."

"뱀을 나누어 줘? 어디다 쓰려고?"

"저희가 거북이 대가리를 만드는데 용을 너무 써서 기운 좀 회복하려고 합니다."

"기운을 회복 해? 뱀을 먹기라도 하겠단 말인가?"

"예, 그것이 기력회복에는 최고입죠."

언뜻 어머니께서 뱀이 사람의 원기회복에 좋다는 말씀이 있었던 것을 기억했다. 그리고 이 더위에 불과 싸우는 대장공들에게 돼지고기라도 먹여야 할 생각이었는데 그들이 뱀을 원한다니 그러라고 했다.

허장대가 흡족한 얼굴로 돌아갔고 난 보통의 백성들은 먹고 살기 위해서 무엇이든 못 먹는 것이 없다는 생각을 하게 했다.

"이녁도 뱀을 먹어본 적이 있는가?"

동헌으로 돌아와 단술을 내온 단이에게 뱀 고기에 대해 물었다.

"뱀! 뱀을 먹어 본 적은 없지만, 뱀장어와 별반 다를 게 없지 않을까요?"

"뱀장어?"

"바다에 사는 뱀은 뱀장어! 땅에서 사는 뱀은 뱀!"

"딴은 모양도 비슷하긴 하구나."

"들은 얘긴데 맛도 별반 다르지 않다고 합니다."

"들은 얘기가 아니고 이녁이 먹어본 것 아닌가?"

"껍질을 벗기고 굽거나 쪄먹는 것이 보통인데 맵(매운)냉이를 절구로 쪄 초간장에 찍어 먹는 것이 주로 먹는 방법이라 합니다."

단이가 즉답을 피하는 것으로 봐 그녀 역시 뱀 고기를 먹어본 것이 틀림없었다.

돌이켜보면 가난한 백성은 뭐든 먹고 살아야 했고 내가 겪지 않은 보릿고개를 그들은 매년 겪어야 했던지라 씁쓸한 마음을 지울 수가 없었다.

"그래 그 맛이 그리 좋던가?"

"구워 먹으면 장어, 먹어본 적이 없다지 않았습니까?"

단이가 얼굴을 붉히며 방을 나갔다.

"야록을 준비하게 내 오늘은 뱀에 대해 적어보겠네."

임진년
5월 15일

집무실에서 잡무를 처리하고 거북선이 있는 곳으로 가려고 하는데 단이가 할 말이 있는 듯 머뭇머뭇하였다.

"무슨 일인가?"

"저 뱀 요리 말이 온데요."

"뱀 요리? 뱀도 요리를 하나? 이녁은 먹어본 적이 없다지 않았나?"

"먹어 본 적은 없어도 요리는 알죠."

단이가 뽀로통해져서 말했다.

"그래 그 요리가 어떻다는 건가?"

"뱀을 먹을 때는 꼭 익혀 먹으라고 하셔요."

"뱀을 생으로 먹는 사람도 있나?"

"뱀장어나 뱀이나 껍질을 벗겨 초 된장에 마늘과 같이 먹

으면 최고의 맛인데 간혹 뱀은 독이 있어 그 후유증이 사람을
죽게도 합니다.”

“오 그게 그런가?”

“꼭 굽거나 쪄먹으라 하셔요.”

그러나 내가 현장에 갔을 때는 단이의 우려가 이미 벌어진
뒤였다. 대장공들 절반이 작업장에 없었다. 대장 허장대도 보
이지를 않았다.

“어찌 된 일인가? 왜 대장이 보이질 않는가?”

현장에 나와 있는 군관 송일성宋日城에게 물었다.

“그, 그것이 어제 대장공들이 뱀을 잡아먹고 토사곽란이
나서 모두 앓아누웠다고 합니다.”

“허장대도?”

“네 그러합니다.”

나는 서둘러 대장공 대장 허장대의 집으로 갔다.

밤새 토사곽란을 한 허장대는 얼굴이 검붉게 변해 거의 초
주검의 상태였다.

“어찌 된 일인가?”

“그 그것이…”

허장대는 그 상황에서도 몸을 일으키려 했다.

“그냥 있게.”

“소, 송구하옵니다.”

"혹 뱀을 생으로 먹은 건가?"

"그, 그것을 어찌 아십니까?"

난 독사의 독이 대장공들의 몸으로 흘러 들어갔다고 생각했다.

"그럼 지금 작업장에 나온 대장공들은 어찌 탈이 없는가?"

"그들은 뱀을 구워 먹거나 삶아 먹었습니다."

난 단에게 물어보고 뱀을 먹으라 하지 못한 것을 후회했다.

임진년
5월 16일

대장공 대장 허장대의 병세는 더욱 위태로웠다. 함께 생으로 먹은 대장공 중에는 죽은 사람도 있었다. 허장대의 병세가 악화하자 거북선 만드는 것에도 제동이 걸렸다.

난 수소문해서 전라도의 유명한 의원을 찾았다.

여러 명의 의원이 와서 허장대를 보고 모두 고개를 젓고 돌아갔다. 대장공 대장의 얼굴은 푸르다 못해 거의 검푸른 색으로 변해갔다.

"이녁이 한번 가서 보아도 되겠습니까?"

"많은 의원이 그냥 돌아갔는데 의원도 아닌 이녁이 무슨 방도가 있겠는가?"

"이녁이 서방님 머리의 이와 서캐도 없애주었습니다."

"이와 서캐가 중병인가?"

"어차피 고치지 못해 죽을 날만 기다리는 거라면 이녁에게 맡기는 것도 방법 아닌지요?"

단이의 말이 틀린 것이 없기에 난 단이를 데리고 대장공 대장 허장대의 집으로 갔다.

대장의 집은 허장대가 싸고 토한 탓에 똥내가 진동했다. 허장대의 부인도 병시중에 지쳐 손을 놓고 있었다.

단이는 그 지독한 똥 냄새가 역겹지도 않은지 코도 막지 않고 허장대를 유심히 살폈다.

단이는 언제 싸 왔는지 작은 항아리에서 검은 탕약 같은 것을 주발로 떠 허장대 부인을 불러 허장대에게 먹이라 했다.

"아따, 다 부질없는 짓이 구마이라이."

"이녁은 바깥 남정네가 죽기 바라는가!"

단의의 서슬에 허장대의 아내가 약사발을 받아 허장대에게 먹이려 했으나 허장대는 탕약을 넘기지도 못했다. 그러자 단이는 밖에 있는 대장공들을 불러 탕약을 강제로 허장대 입을 벌리고 퍼부었다.

허장대는 탕약을 반은 넘기고 반은 흘리면서 탕약을 삼켰다.

"약발이 들으면 계속 토할 겁니다. 그러면 토해 낸 만큼 다시 먹이세요."

"이녁! 허장대가 입을 벌리지도 못하잖은가?"

"그러니까 대장공들이 강제로 먹이는 거지요."

"이거 이러다 큰일 치르겠군."

"들었지요? 허장대 대장이 죽으면 대장공들이 탕약을 제대로 먹이지 못한 것이니 좌수사님께서 크게 혼내실 겁니다."

단이는 내 말을 핑계 삼아 허장대에게 탕약을 잘 먹이지 않으면 내가 큰 벌이라도 줄 것이라는 언질을 주었다.

"탕약이 떨어지면 어찌해야 합니까?"

당약 항아리를 보고 있던 한 내장공이 단이에게 물었다.

"그땐 물을 먹이세요, 그냥 물 말고 꼭 끓인 물을 식혀서 먹이세요."

"대체 그 항아리 탕약은 무엇인가?"

난 허장대의 집을 나서서 남의 이목이 없는 것을 확인한 뒤 물었다.

"여로藜蘆 풀을 끓인 탕약입니다."

"여로? 그 들어보기 처음인데, 한약재인가?"

"여로는 독풀입니다. 뱀의 독이 몸으로 들어가 탈이 났으니 독은 독으로 해결해야 하는 것이지요. 저 탕약을 먹으면 몸속은 물론 핏속에 있는 독까지 다 토해낼 겁니다.

"이녁은 허장대가 여로를 먹고 몸속의 독을 다 토해내리라는 것을 어찌 그리 확신하는가?"

"결과야 두고 보면 되지 않겠요?"

"약이 떨어지면 물은 왜 먹이라고 한 건가?"

"몸속에 쌓인 독을 물을 먹여 희석하는 거죠."

"물을 먹는다고 독이 희석되겠는가?"

"서방님은 허장대가 죽기를 바라십니까?"

모기 사냥

임진년
5월 17일

더위가 기승을 부리자 모기가 들끓었다. 아무리 모시로 발을 쳐도 모기란 놈은 그사이를 비집고 들어와 밤새 사람의 피를 빨아먹었다. 모기는 왜놈들과 같았다. 틈만 나면 비집고 들어와 우리 백성을 해치고 노략질을 일삼으니 이 어찌 모기와 다를 바가 있는가. 아니, 모기야 살기 위해서 사람의 피를 빨지만, 왜놈들은 조선 백성이 그들에게 아무런 피해를 주지 않음에도 전쟁을 일으켜 살육을 일삼으니 왜놈들은 모기만도 못한 잡놈일 뿐이다.

"아니 조반을 왜 어멈이 내오시오?"

"단이, 아니 이걸은 밤새 가마솥에 뭔가를 끓이더니 항아리에 담아 새벽에 머리에 이고 나갔습니다."

"그게 혹시 어제 낮에 끓인 약이요?"

"쇤네는 잘 모르지만 아마 그런 듯합니다."

나는 조반상을 무르고 대장공 대장 허장대의 집으로 갔다.

"좌수사님! 허장대가 살아났습니다."

군관 송일성이 나를 먼저 보고 소리쳤다.

"좌, 좌수사님…"

"그냥 있게."

허장대가 아내에게 죽을 빌어먹고 있다가 내가 방으로 들어가자 몸을 갖췄다.

"진지 잡수셨습니까?"

허장대가 죽을 먹다가 인사치레를 했다.

"그런데 죽이?"

"이걸 아씨가 가지고 오셨습니다. 한데 맛이 기가 막힙니다."

세심한 단이는 허장대가 회복한다는 것을 확신하고 파랑죽까지 끓여온 것이다.

"이걸이 보이지 않던데."

"이걸께서는 생 뱀을 먹고 탈이 난 다른 대장공들에게 갔습니다."

임진년
5월 18일

어찌 된 일인지는 모르겠지만 죽어가던 대장공들은 단이가 처방한 여로 풀을 끓인 탕약을 먹고 모두 살아났다. 단이 덕에 살아난 대장공들은 더운 날씨에 달군 쇠를 만지면서도 누구 하나 불만이 없었다.

밤이 되자 단이 침소 앞마당에 모닥불을 피웠다. 밝은 불빛을 보고 달려드는 부나방의 특성상 방의 등잔불보다는 더 밝은 모닥불 쪽으로 유인하려는 기특한 단의 생각일 것이다. 단이 조그만 항아리를 들고 방으로 들어왔다.

"그 항아리는 무엇인가?"

"꿀물입니다."

"꿀물! 꿀물로 배 채울 일이라도 있나?"

"헛 꿀물 켜지 마셔요. 서방님."

"내가 마실 꿀물이 아니면 이녁이 마실 건가?"

"손님 대접용 꿀물입니다."

"손님! 내게 손님이 온다는 말을 했던가?"

나는 급히 의복을 갖추려 허둥댔다.

"불청객이니 의복은 갖추지 않으셔도 됩니다."

"아무리 불청객이라도 이 차림으로야 손님을 맞을 수가 있나?"

난 더위 때문에 속살이 보이는 모시 적삼 차림이었다.

"모기에게 줄 꿀물이어요."

"밤새 피를 뜯기는 것도 모자라 꿀물까지 준단 말인가?"

"피를 뜯기지 않으려면 대신 꿀물이라도 대접해야지요?"

"도통 무슨 말을 하는 것인지…원."

"사람이 땀을 흘리면 땀은 짠맛이 납니다."

단이 서기를 하기 위해 준비한 종이 중 한 장을 반으로 접으며 말했다.

"그렇지! 그건 누구나 다 아는 것 아닌가."

난 더위에 흐르는 땀이 입으로 들어갔을 때를 상기했다.

"짠맛은 입에 대야 그 맛을 느끼지만, 냄새로는 알 수가 없지요."

단이 반으로 접은 종이를 다시 반으로 접었다.

"글쎄 바다에 가면 짠 내가 느껴지지 않나?"

"그건 워낙 많은 바닷물이 있어서죠."

단이 네모 모양의 종이를 다시 세모 모양으로 접으며 말했다.

"무슨 말을 하고 싶은 건가?"

"사람이 음식을 먹을 때 맛을 내기 위해 소금으로 간하지요. 그때 먹은 음식에 섞인 소금이 땀과 소변으로 같이 배출돼 짭조름하지요."

"소변이 짭조름? 이녁, 설마, 소변도 먹어본 건…?"

"음식을 먹을 때는 소금뿐 아니라 꿀과 같은 단맛도 같이 먹게 되지요."

급히 내 말을 자른 것으로 봐 단은 소변도 먹어본 것이다. 하지만 나는 굳이 확인하고 싶지는 않았다. 그만큼 단의 생이 험난했다는 뜻이기도 했다.

"모든 음식엔 다 단맛이 있는데, 그건 음식을 오래 씹으면 알 수가 있지요."

단이 세모로 접은 종이의 끝을 가위로 잘랐다. 종이를 펼치자 팔각으로 생긴 어린아이 새끼손가락 두께만큼 작은 구멍이 한가운데 났다.

"멀쩡한 종이를… 뭐 하는 짓인가?"

서기를 하는 종이는 작아도 아주 비쌌다.

"땀 속엔 당분도 같이 섞여 있습니다. 소금기 때문에 단맛을 느끼지 못하는 것뿐이죠."

단이 구멍 난 종이를 항아리 한가운데로 하고 왼손을 펴 종이 가장자릴 잡고 오른손으로 가운데 구멍 부분을 손으로 누르니 팔각 종이가 항아리 안으로 약간 내려가 각이진 경사 모양이 됐다. 그리고 종이 가장자리를 꾸겨 항아리의 주둥이에 고정했다.

"아까운 종이를 아주 똥 수세미를 만드는구먼. 아니 구멍이 있으니 똥 수세미로도 못 쓰겠군."

내가 천박하게 퉁을 놔도 단은 자기 할 말만 했다.

"벌과 나비, 심지어 파리 같은 날것들은 다 단맛을 좋아합니다. 물론 모기도 예외는 아니지요. 특히 모기는 술에 취한 사람을 많이 공격하기 때문에 꿀물에 막걸리를 약간 풀었습니다."

단이 항아리를 모시 발이 쳐진 문 앞으로 옮겼다.

"설마 그 꿀물 단지로 모기를 잡겠다는 건…?"

"네, 모기는 사람의 땀에 섞인 미세한 단맛의 체취를 찾아 사람에게 달려듭니다. 그런데 그보다 천 배, 아니 만 배도 더 단내가 난다면 과연 모기는 어디로 갈까요?"

단은 내가 모기 때문에 괴로워하며 혼잣말로 왜놈들 욕하는 것을 들은 것이 틀림없었다.

"들어간 것인데 나오지는 못할까?"

"두고 보셔요."

"낼 아침에는 술에 취해 주정하는 모기를 보게 되겠구먼."

내 농담에 단이 어여삐 웃었다.

임진년
5월 19일

기침起寢을 하고 잠자리를 정리하는데 원균의 서찰을 지닌 경상우수영의 군관 권두수가 왔다. 이리 일찍 군관이 도착했다는 것은 날이 밝기도 전에 군관은 경상우수영을 떠났을 것이다.

내가 전라좌수영을 떠나온 뒤 왜적을 칠 만반의 준비를 하고 공조共助할 이수사님 기별을 기다렸으나 종내終乃 연락이 없어 조급한 마음에 서찰을 보냅니다.

만일 이 서찰을 받고도 출정에 관한 답신이 없으면 이수사께서는 왜적과 싸울 의사가 없는 것으로 간주하겠습니다.

또 이와 같은 사실을 조정에 알리고 경상우수영 단독으로라도 출정해 왜적을 무찌를 것이니 즉답 바랍니다.

"이런 빌어먹을…"

"서방님! 무슨 일이시어요?"

나는 원균의 서찰을 꾸겼다. 그러자 조반상을 들고 들어오던 단이 매우 놀랐는지 목소리가 컸다.

"경상우수영에서 온 군관 권두수는 어디 있는가?"

"객관에서 조반을 먹고 있습니다."

"밥은 무슨 밥이야. 내 놈의 곤장을 쳐서 서찰의 답을 대신할 것이다."

"잠깐, 잠깐, 흥분을 가라앉히셔요."

단이 조반상을 급히 방바닥에 내리고 구겨진 서찰을 내 손에서 빼앗아보며 말했다.

"왜놈이 무서워 경상우수영의 배를 모두 침몰시키고 달아났던 놈이…"

"제발, 참으셔요. 제발."

서찰을 본 단이 두 손바닥을 펴 가볍게 내 앞으로 내밀었다당기기를 반복했다.

"왜적과 싸우기 위해서는 다 때가 있는 거야. 전략도 없이무조건 출정하면 백전백패인 것을 왜 몰라?"

"네! 그 말씀을 그대로 써서 답신을 보내셔요. 그래야 서방님이 출정하지 않는 것이 아니라 준비를 철저히 한다는 것이됩니다. 그래야 경상우수영에서 모함해도 해명할 수 있는 증

표가 됩니다.”

“교활한 원균은 그런 서찰을 받은 적이 없다고 할 것이다. 경상우수영에서 온 군관은 원균의 심복일 것이고.”

“서찰을 그냥 보내실 겁니까?”

“그냥 보내지 않으면? 군관 몸에 묶어서라도 보낼까.”

“경상우수영의 군관에게 서찰의 내용을 옮겨 쓰게 한 후 그 옮겨 쓴 것을 우리가 보관하면 되지요. 옮겨 쓸 때는 우리 군관을 배석시키시고요.”

“이, 이녁은…”

난, 마치 단이 줄곧 생각했던 것을 말하는 듯한 모습에 할 말을 잃고 단을 뚫어지게 보았다.

“손님 접대는 잘했습니다.”

“이따위 서찰을 들고 온 놈에게 조반은…”

난 구겨진 서찰을 흔들었다.

“이녁은 모기 손님을 말합니다.”

“모기? 항아리, 항아리가 어디를 갔지.”

모기를 잡겠다는 문 앞에 항아리가 없었다.

“서방님 기침 전에 치웠지요.”

“그렇지! 모기가 한 마리도 안 잡혔던 게야.”

“모기에 물리셨습니까?”

“응?”

답을 하며 얼굴이며 몸을 살피니 가려운 곳이 없었다. 새롭게 물린 곳도 없었다.

"서, 설마, 진짜 모기가 다 막걸리를 탄 꿀물 단지로 들어간 것인가?"

"언제 이녁이 헛소리하는 것 보셨습니까?"

"그게 아니고 모기가 들어간 구멍으로 다시 나오면 되지 않나?"

"모기가 사람입니까? 들어간 구멍을 찾아 나오게."

"사람이나 생물이나 살기 위해서는 살 구멍을 찾는 게 본능이지."

"그래서 종이를 팔각으로 접어서 홈을 만든 겁니다. 그리고 종이 가운데를 눌러서 굴곡 있게 했고요. 밝은 것을 싫어하는 모기의 특성상 각이진 홈으로 숨어들었고 들어갔던 뾰족한 구멍을 찾아 되나올 수도 없죠. 이건 물고기를 잡을 때 삿갓 가운데 구멍을 뚫어 된장을 넣은 항아리에 얹고 물에 담그면 된장을 먹으려고 들어갔던 물고기가 구멍을 찾지 못해 잡히는 원리와 같은 겁니다."

"그렇게 모기 잡기가 쉬운데 왜, 이녁은 매일 모기에 물려 있는가?"

"종이 한 장도 비싸다 하시면서 종이보다 백배는 비싼 꿀을 어찌 천한 관비가 임의로 사용하겠는지요."

모기 사냥 임진년 5월 19일

그랬다. 단은 모기를 잡는 법을 알고 있으면서도 관비의 신분으로 꿀을 사용해 모기를 잡을 수가 없었다.

"나, 나도 비싼 꿀물로 모기를 잡을 수 없으니 오늘 밤부터는 꿀물 항아리를 들이지 말게."

"이미 만든 꿀물을 버릴 수 없으니 계속 들일 것입니다."

"계속 재사용하면 썩을 것이네."

"끓여서 사용하면 썩지 않습니다."

"아, 암튼 꿀물 항아리를 들이지 말게."

"국이 식습니다. 진지 드시지요."

"이 더운데, 난 식은 국이 좋아."

"오정 때 드시면 더 식습니다."

단이 어여삐 웃으며 방을 나갔다.

임진년
5월 20일

거북선이 서서히 모습을 갖췄다. 목수들과 대장장이들의 노고가 묻어난 작품이었다. 이제 거북이 모양의 머리도 이 삼 일만 더 담금질하면 완전한 모습이 될 거라는 대장공 대장 허 장대의 설명이 있었다. 난 하루라도 빨리 거북선을 앞세우고 바다로 나가 그 위용을 뽐내고 싶었다. 하늘님도 내 뜻을 헤아리셨는지 장마철임에도 마른장마가 이어지며 비가 내리지 않았다.

"이제 거의 거북선이 완성되었지요?"

오전에 거북선을 살피고 집무실로 돌아오니 단이 점심상을 들고 들어와 시중을 들며 말했다.

"이 삼일만 더 마무리하면 된다더군."

"그러면 서방님의 대장선도 마무리가 필요치 않겠어요?"

"내 배? 내가 타는 배는 이미 준비가 다 끝났네!"

"이녁이 보기엔 제일 중요한 것이 빠졌습니다."

"제일 중요한 것?"

난 밥 숟가락을 입에 넣다가 멈추고 단을 보았다.

"대장선에 휘호가 빠졌습니다."

"휘호!"

"대장선에 붓글씨를 쓰란 말인가?"

"네! 서방님의 출정이라는 것을 왜놈들에게 알려야지요."

"귀선만 앞세워도 왜놈들이 내 출정을 알지 않을까?"

"판옥선을 갈취한 경상우수영이 귀선인들 가만둘까요?"

단은 원균의 직위나 이름을 절대로 지칭하지 않았다.

"그건 내가 절대 허락지 않아!"

"그러면 조정을 등에 업을 겁니다."

원균은 백번 그러고도 남을 인사였다. 조정은 대놓고 원균의 뒷배를 봐줬다. 내게는 조정의 결정을 거부할 힘이 없었다.

"자꾸 말을 시키니 밥을 먹을 수가 있나."

나는 빈정이 상해 들고 있던 숟가락을 밥상 위에 내렸다.

"드시어요, 드시어요, 이녁은 숭늉을 가지고 오겠습니다."

나는 밥을 먹으며 단이 말한 휘호에 대해 생각했다. 단은 분명 처녀출정에서 대승을 거둔 나를 보고 적의 전의를 상실케 하려고 휘호 착안을 했을 것이다.

　난 밥상을 물리고 단이 가지고 온 숭늉을 마시며 말했다.

　"휘호는 대장선의 전면 돛밖에 나타낼 곳이 없는데 그 큰 돛에 글씨를 쓰자면 그 먹 값이 만만치가 않아."

　질이 좋은 문방사우文房四友는 대부분이 명에서 수입해 쓰고 있는데 그 값이 상당이 고가였다.

　"그 큰 돛에 누가 먹으로 글씨를 씁니까?"

　"먹으로 글씨를 쓰지 않으면 무엇으로 쓴단 말인가?"

　"차후는 이녁에게 맡기시고 서방님은 휘호로 쓸 오얏 이李 자나 큼직하게 써주시어요."

　난 단이 어떻게 휘호를 만들겠다는 것인지 도무지 이해가 되질 않았으나 단 한 번도 책임 없는 말을 한 적이 없기에 큰 종이를 벽장에서 꺼내 큼지막하게 오얏 이李자를 썼다.

임진년
5월 21일

　장마의 시작인지 새벽부터 비가 내리기 시작했다. 거북선의 마감이 코앞인데 비가 오면 그만큼 마감이 늦춰지기 때문에 조바심이 났다. 나는 거북선이 있는 곳으로 가기 위해 밖을 나섰다. 빗줄기가 굵어 아무리 삿갓을 쓰고 도롱이를 둘러도 빗줄기가 굵어 몸을 적실 것은 뻔했다.

　"기다리시어요. 기다리시어요."

　내가 빗줄기를 보며 머뭇거리자 단이 그 모습을 보고 부엌 쪽에서 뛰어왔다.

　"출타出他시면 출타하신다 하셔야죠."

　"이것을 쓰고 두르고 가시어요."

　단이 삿갓과 도롱이를 내게 주었다. 그런데 삿갓은 창호지가 씌어있었고 도롱이는 이미 비를 맞은 듯 번들거렸다.

"이것들 물에 적신 것인가?"

내가 삿갓에 덮힌 창호지와 도롱이를 보며 말했다.

"뱀 기름에 담궈 부뚜막에서 말렸습니다."

"어째서?"

"물은 기름을 통과하지 못합니다. 거북선에 바르는 것을 조금 꿍쳤습니다."

"꿍쳐? 훔쳤단 말인가?"

"호호호 사실은 대장공 대장 허장대에게서 얻었습니다."

"거북선에 바를 기름을?"

"허장대 목숨을 구해 준 이녁입니다."

'하긴! 자신을 살려준 단에게 뱀 기름쯤은, 그보다 더한 건들 못 줄 것인가.'

어깨까지는 삿갓이 어깨서부터 다리까지는 도롱이 비를 막아줬다. 신기하게도 기름에 말린 삿갓과 토롱은 빗물이 그냥 흘러내릴 뿐 안으로 스며들지를 못해 관복이 조금도 젖지 않았다.

생각대로 거북선에는 목수나 대장공이 한명도 없었다.

'낭패다 이렇게 중요한 시기에 마무리를 하지 못한다면 전술적으로도 큰 손해라 아니할 수 없다.'

나는 의기소침하여 거북선으로 다가갔다. 거북선 주위는 배를 쉬 오르내리게 하도록 쌓였던 흙을 비가 와서인지 모두

큼지막한 돌덩어리로 바뀌어있었다. 시키지 않아도 이런 발
상을 한 목수와 대장공들이 대견했다.

　돌덩이를 밟고 거북선 위로 올라가자 배 안이 소란스러웠
다. 놀란 나는 철갑 뚜껑 하나를 열고 배 안을 들여다보았다.
배 안에는 목수며 대장공들이 한대 어울려 마무리에 박차를
가하고 있었다. 이 비가 오는데도 쉬지 않고, 난 저마다의 일
을 하는 목수와 대장공들을 보며 울컥했다. 그리고 저런 정성
이 뒷받침된다면 틀림없이 그들이 말한 날짜에 거북선이 완
성될 것이라는 확신이 섰다.

임진년
5월 22일

비가 쉬지 않고 내렸다. 하늘이 조선을 버린 것인가. 이 중요한 시기에 비가 이렇게 온다면 거북선을 완성한들 그게 무슨 소용인가. 배가 바다로 나가지 못하면 왜놈들과 싸움은 시작하지도 못하리라.

내가 집무실에서 노심초사하고 있을 때 단이 집무실로 들어왔다.

"심란하시어요?"

"내 어찌 이 비를 보며 심란치 않을 수가 있단 말인가?"

"심란하다고 심란 속에 빠져있으면 해결책이라도 생기옵니까?"

"심란한데, 심란하다 아니 할 수도 없는 것 아닌가?"

"그럼 출정 중에 비가 오면 싸우지 않고 비를 탓하시렵니까?"

"출정 중에야 비가 오면 그에 대해 대비를 해가며 싸우겠지만 이건 싸우기도 전에 비가 오니 싸움은 시작도 못하잖은가?"

"비가 올 때는 왜적도 똑같이 빗속에 있는 것 아니겠습니까?"

"그야 그렇지."

"그럼 왜놈의 관점에서 서방님은 무엇이 제일 걱정이시겠습니까?"

"그거야 내가 왜놈이 되질 않았으니 알 수가 있는가?"

"그럼 왜놈이 되면 알 수가 있지 않겠어요?"

"그건 또 무슨 소린가?"

"잡아 놓은 왜놈들은 국을 끓일 때 쓰시렵니까?

"뭐? 오, 왜놈, 그래!"

난 바로 왜놈을 가둬둔 옥사로 갔다. 비가 와서 옥사는 악취로 숨조차 쉴 수가 없었다. 그 속에서 왜놈들은 거의 초주검 상태였다. 왜놈들은 옥사에서 똥오줌도 싸고 또 음식도 먹었다. 이대로라면 왜놈들은 며칠도 못 버티고 병들어 죽어나갈 것이다. 이것은 벼슬아치들의 병폐였다. 시키지 않아도 거북선 주위에 돌을 쌓아 올린 목수나 대장공들과 크게 비교가 됐다.

난 왜놈들의 옥사를 책임지고 있는 간수장과 간수들 곤장을 쳤다.

"내가 왜놈들을 이렇게 죽게 하려고 잡아 온 줄 아느냐? 우리가 놈들을 개돼지만도 못한 취급을 해 병들어 죽게 하면 우리 또한 왜놈들과 다를 것이 무엇이냐!"

나는 당장 간수들에게 옥사를 청소시키고 왜놈들은 발가벗겨 쏟아지는 빗속에 몸을 씻게 했다. 그리고 사금파리로 왜놈들 머리를 밀게 했다. 질병 관리가 목적이지만 놈들이 달아나지 못하도록 하려는 뜻도 내포됐다.

옥사에 마른 짚을 깔고 새 옷을 입힌 뒤 앉아서 용변을 처리할 크기의 항아리도 넣어줬다.

난 왜놈들에게 밥을 먹이며 물었다.

"네놈들은 어째서 죽은 조선 사람의 귀나 코를 자르는 것이냐?"

그사이 왜놈들의 말을 하고 알아듣는 간수가 있어 통역할 수 있었다.

"그것은 일종의 전리품으로서 개당 포상이 주어집니다."

"처음에 귀를 자르라 한 거로 아는데 지금은 코를 자르는 연유는 무엇이냐?"

"귀는 한사람이 두 사람 몫을 하므로 코로 변경하였습니다.”

난 그 말을 듣고 크게 분노했다. 당장 그 말을 지껄이는 왜놈 아가리를 찢어 주둥이를 닥치게 하고 싶었다.

“비가 올 때 네놈들의 고충은 무엇이냐?”

“비가 오면 조총이며 포를 사용할 수가 없습니다.”

아군이나 적군이나 비가 오면 포 심지에 불을 붙일 수 없기는 마찬가지였다.

임진년
5월 23일

비는 그칠 줄 몰랐다. 예정대로라면 오늘쯤 거북선이 완공되어 시연試演을 했을 터이지만 마지막 거북선의 머리를 완성치 못해 부지하세월不知何歲月이 되는듯했다. 그래도 다행인 것은 목수와 대장공들이 쉬지 않고 작업을 해서 거북선의 내부는 완벽하게 마무리됐다.

"아니 이걸은 어디를 가고 어멈이 조반을 내오시오?"

"이걸은 거북선을 둘러본다고 나갔습니다."

"이 비에, 거북선 뭐 볼게 있단 말인가?"

"그건 이걸에게 하문하시지요."

"건, 그렇군."

밥을 먹고 상을 물리자 언제 왔는지 단이 숭늉을 가지고 들어왔다.

"거북선에 갔었다고?"

"거북이 머리 담금질을 어떻게 마무리하는지 살폈습니다."

"이 빗속에 담금질은 무리지."

"왜 꼭 담금질을 밖에서 할 생각을 하시어요."

"거북선을 만드는 근처에는 집이나 움막이 없질 않나? 그렇다고 집이나 움막을 당장 지을 수도 없고. 머리와 본체를 그때그때 맞춰가며 담금질을 해야 하니 멀리 있는 대장간에 왔다 갔다 할 수도 없고."

"거북선 안에서 담금질을 하면 되지요."

"예끼! 모두 나무로 되어있는 배 안에서 불똥이 튀어 불이라도 나면 안돼!"

"바닥에 철판을 깔고 벽도 철판으로 빗대면 되지요."

"풍구가 바람을 일으키면 화로 열기가 쇠를 녹일 정도고, 튀는 불똥도 엄청나."

"주위 나무를 물로 충분히 적시고 불에 대비 물도 사람도 준비시키면 그다지 염려될 것은 없습니다."

"불에 책임이 따를 것인데 대장공들이 일을 할까?"

"당연히 책임은 서방님이셔야죠."

"내가?"

"그럼 목수 대장이나 대장공 대장이 지나요? 서방님이 책임을 진다고 하면 목수나 대장장이나 굳이 마다할 일은 없지요.”

듣고 보니 단의 말이 틀리지 않았다.

난 즉시 거북선으로 가 거북 머리 담금질을 거북선 안에서 하라고 명령했다. 주저하는 목수 대장 양충호와 대장공 대장 허장대에게 불이 나면 그 책임을 모두 내가 진다 했다.

임진년
5월 24일

하루가 지연되기는 했지만 거북선 머리가 완성되었다.

비가 소강상태를 보일 때 대장공들과 목수들 그리고 병사들까지 모두 달려들어 거북선 머리를 달았다. 거북선 목 부분 끝에 있는 꼬챙이를 미리 만들어놓은 본체구멍에 꽂았다. 불을 달궈 작은 망치로 꼬챙이를 꺾고 큰 망치로 납작해질 때까지 때렸다. 이렇게 고정된 거북선 머리는 본체에 붙어 요지부동搖之不動이었다. 비로소 바라고 바라던 거북선이 완성된 것이다.

임진년
5월 25일

　새로 만든 거북선 진수식을 거행했다. 이 진수식을 보기 위해 빗속에서도 수많은 백성이 모였다.

　난 앞으로의 출정에서 승리를 기원하며 고사를 지냈다.

　그리고 충분히 준비한 떡과 고기를 그동안 수고해마지않은 목공과 대장공 그리고 진수식을 보기 위해 모여든 모든 백성에게 골고루 돌렸다.

　주위의 돌을 제거한 거북선은 밀물을 기다렸다가 배 밑에 통나무를 간격으로 깐 경사진 길을 따라 바다로 들어갔다.

　난 대장선을 타고 거북선을 뒤따랐다. 단의 말대로 가운데 홈으로 노가 배로 늘어난 거북선은 기대 이상으로 빨랐다.

　바람의 힘으로 뒤따르는 내가 탄 대장선이 따라잡을 수가 없을 정도였다.

속도도 속도이려니와 거북선은 전리품으로 끌어온 왜적의 배를 거북선 머리로 들이받자 배에 구멍이 뚫리고 그 구멍에 불붙은 솔방울을 내리붓자 배 안은 바로 화염에 휩싸였다.

나는 거북선의 활약을 기대하며 크게 흡족했다. 이 또한 단의 조언이 아니었다면 이룰 수 없는 결과였다. 어찌 내게 그리 총명하고 어여쁜 아이를 주셨는지 그 기쁨을 이루 다 말로 표현할 수가 없었다.

여섯

휘호 揮毫

임진년 5 월 2 6 일부터

6 월 4 일까지

임진년
5월 26일

모든 준비가 끝난 관계로 27일 출정을 결정하였으니 원 수사께서도 준비를 마치고 전라좌수영과 공조해 왜적을 쳐부수는데 협조를 당부 드립니다.

난 이와 같은 내용의 서찰을 군관 송일성을 통해 원균에게 보냈다. 그런데 송일성은 원균에게서 아무런 답신도 지니지 않은 채 빈손으로 돌아왔다.

"무슨 연유로 답신을 주지 않던가?"

"그냥 알았다 전하라 하였습니다."

난 분노로 참을 수 없었다. 원균이 나이로는 손 위기는 하나 나이를 떠나 우리 두 사람은 분명 같은 직위에 있거늘 어찌 이리 무례할 수 있단 말인가. 생각을 해보니 원균은 자신이 전라좌수영에 잠시 머무를 때의 서운함에서의 꽁함을 내포하고 있는 것이 분명했다.

"익일翌日 출정하시는 것이지요?"

내가 원균으로 인해 치를 떨고 있을 때 단이 들어왔다.

"거북선이 완공되었으니 당연한 것 아닌가?"

"지난번 출정은 천운이 따라 단 한 명도 죽은 사람이 없었습니다."

"그야말로 천운이지."

"그런 천운이 계속일 순 없고 전쟁이 길어지면 분명 죽는 사람도 있을 것입니다."

"그렇겠지."

"그럼 이름도 없이 차출된 상것 대리군은 어찌하시렵니까?"

"글쎄, 나도 그 생각을 하지 않은 것은 아니지만 당장 그 많은 대리군의 이름을 어찌 다 지어줄지 막막하군."

"막막할 필요 없습니다."

"이녁에게 무슨 좋은 방법이라도 있는가?"

"대리군들이 차출된 곳의 지명을 넣어 이름을 지으면 됩니다."

"어떻게?"

"여기가 전라좌수영이지 않습니까?"

"그런데?"

"그러면 여기서 차출된 대리군은 전라좌수영의 첫 자인 전 자를 따서 한 명일 때는 '전일' 두 명이면 '전이' 세 명이면 '전삼' 이런 식으로 병사들이 차출된 마을 지명의 첫 자를 넣 어 이름을 지어주면 혹시 그가 죽더라도 어느 마을에서 온 몇 번째가 죽었다는 것을 금방 알 수가 있지요."

나는 다시 한 번 단의 기지에 탄복했다.

"이렇게 비가 그치지 않는데 휘호는 어찌 돼가고 있는가?"

"휘호는 장마가 끝나기를 기다려야 할 것 같습니다."

"그럼 만들긴 만들었단 말인가?"

"이녁이 언제 헛소리하는 것 보셨습니까?"

난 단이 휘호를 어떻게 완성할지가 몹시 궁금했다.

밤이 되자 난 야록을 준비했다. 그때 단이 조그만 보자기에 뭔가를 싸서 들고 들어왔다.

"그건 뭔가?"

"내일 거북선의 첫 출정인데 점卜이 빠져선 아니 되지요."

보자기를 풀자 예닐곱 개의 중간 껍질을 벗기지 않은 쪽 마 늘이 있었다.

"아서! 혹여 점괘가 불길하면 어쩌려고?"

"그러니 더 쳐봐야죠. 불길하면 더욱 유념하기 위해서죠."

그런데 점괘가 이상했다. 길조도 흉조도 아닌 딱 절반이었

다. 단이 손바닥을 턱에 고이고 고개를 갸우뚱했다. 나도 덩
달아 엄지와 검지를 턱에 대고 고개를 끄덕였다. 그저 점일
뿐인데 묘한 감정이 되었다.

임진년
5월 27일

비가 쏟아지는데도 수많은 백성이 나와 우리 수군을 배웅했다.

둥 둥 둥 둥 둥 둥

출정을 알리는 북소리가 나자 거북선이 앞장서 바다를 갈랐다. 그리고 귀선 두 척이 뒤따랐다. 그 뒤를 내가 탄 대장선이 따랐다. 내 양옆 반 배 간격 뒤쪽에 부 대장선 두 척이 따랐다. 갑판의 수군들은 내 명령으로 모두 뱀 기름을 사용한 삿갓과 도롱이를 걸치고 있었다. 뒤따르는 배를 보는데 멀리 백성들 사이에 수건을 머리에 쓰고 도롱이를 두른 채 손을 흔들고 있는 단의 모습이 보였다.

아련하게 보이는 단은 어느새 내 마음속에 가족으로 크게 자리 잡았다.

순풍을 타고 두시진 반을 달리자 경상우수영 근처에 다다랐다. 그런데 경상우수영에서는 단 한 척도 출정 한 배가 없었다.

난 군관 송일성을 보내 원균이 왜 출정을 하지 않는지 알아보았다. 돌아온 군관 송일성이 말하길 원균이 비가 와서 출정하지 않는다고 하였다. 난 그 소리를 듣고 화가 폭발했다.

'왜놈들은 전쟁을 일으켜 무고한 우리 백성을 학살하고 코를 베어 가고 있는데 고작 이런 비 때문에 전쟁을 회피하고 있다니 그게 경상우수영을 책임지고 있는 수장으로서 할 행동이란 말인가?'

비를 피해 선실에 있던 나는 화를 참지 못하고 선실 밖으로 뛰쳐나와 고래고래 소리쳤다.

굵은 빗줄기가 얼굴을 때렸다. 삿갓과 도롱이를 벗은 상태여서 빗물이 금방 옷을 적셨다. 부하들이 따라 나와 말렸지만 난 이 화를 참으면 생병이 날 것만 같았다. 그렇게 일각 정도 소리치자 마음이 좀 안정되었다. 난 그제야 걱정하는 부하들을 따라 선실 안으로 들어갔다. 선실 안으로 들어서자 부하들이 새 옷을 가져와 갈아입으라 했지만 나는 마다했다.

그런데 그것이 화근이었다. 평소에도 날이 궂으면 찾아오던 지병이 도진 것이다. 온몸에서 열이 났고 오뉴월 무더위 속임에도 추워서 와들와들 떨렸다. 부하들이 서둘러 옷을 벗기고 선실에 눕혔다. 선병장 어영담이 달려와 내 상태를 보고 회항을 명령했다. 난 안된다고 말리려다 그대로 혼절했다.

"정신이 좀 드시어요?"

내가 눈을 뜨자 단이 얼굴이 보였다.

"아니 이녁이 배에는 어찌 왔는가?"

조선 수군은 여자가 배에 타는 것을 금기로 하고 있다.

"으윽!"

화들짝 놀라 몸을 일으키다 다시 누웠다.

"서방님 여긴 배가 아니고 전라좌수영입니다."

"뭐?"

정신을 가다듬고 주위를 둘러보니 내 침소였다.

"중부장님들께서 서방님을 모시고 오셨습니다."

그제야 난 선병장 어영담이 회항 명령을 내린 것을 상기했다.

"참 마늘 점이 신통하기도 하지요."

단이 마늘 점을 얘기했고 나는 절로 고개가 끄덕여졌다.

"다행이 오후에 비는 그쳤습니다."

밖은 어두웠는데 비 오는 소리는 들리지 않았다.

"찌는 더위긴 하지만 서방님이 출정하시기에는 길조입니다."

임진년
5월 28일

비가 그치자 아침부터 찌는 더위가 시작되었다. 내리쬐는 땡볕은 길었던 장마로 물을 머금었던 대지를 한나절 만에 날려버렸고 병고로 누워있던 나는 땀에 목욕이라도 한 것처럼 이부자리를 적셨다.

오후가 되자 경상우수영에서 서신을 보내왔다. 비가 그쳤으니 원균이 같이 출정하자는 내용이었다. 나는 어이가 없었다. 그러나 이제라도 싸우겠다고 하니 다행이라고 생각했다.

난 단에게 내일 다시 출정을 하겠다고 하려는데 단은 뭐가 그리 바쁜지 오정부터 코빼기도 보이지 않았다. 점심을 질임이 내왔다.

"이걸은 무얼 하기에 어멈이 상을 내오는가?"

"이걸은, 쇤네도 도통 볼 수가 없습니다."

"뭐! 어멈도?"

난 내가 아직 완전히 회복도 되지 않았는데 방치하고 있는 단에게 섭섭한 마음이 생겼다. 그러다 나는 아차 했다. 단은 허울만 나의 첩이지 실상은 아무런 관계도 아니다. 난 내가 어느덧 단을 내 사람으로 마음속에 자리 잡은 것에 새삼 놀랐다.

"이녁은 무슨 공무가 그리 바쁜가?"

난 저녁상을 내온 단에게 넌지시 따지듯 물었다.

"서방님이 공무를 보지 못하시니 이녁이라도 바삐 움직여야죠?"

"아니, 설마?"

난 단이 내 업무까지 대신 보는가 싶어 깜짝 놀랐다.

"염려 거두셔요. 그런 월권을 휘두를 만큼 어리석은 처자는 아니랍니다."

"그럼 종일 무에 그리 바쁜 건가?"

"마늘 점이 너무 신통하지 않아요?"

단이 즉답을 피하는 것으로 봐 또 뭔가 새로운 일을 저지른 것이 틀림없으리라.

"점이 어중간하니 출정도 취소되었잖아요."

생각해보니 마늘 점이 정말 신통하였다. 단이가 보자기를 풀자 쪽 마늘이 다시 보였다. 나는 다시 마늘 점을 쳐보았다.

마늘 점은 다행히 길조였다. 단순한 마늘 점이었지만 마음이 진정되었다.

그간 아파서 건너뛴 서기를 단에게 맡긴 후 편하게 잠자리에 들었다.

임진년
5월 29일

새벽에 출정을 하기 위해 대장선으로 가 돛을 올렸는데 깜짝 놀랐다.

돛에 오얏 이李자의 휘호가 크게 새겨져 있었다.

모인 백성들이 대장선의 휘호를 보고 크게 환호했다. 단은 어제 이 오얏 이자를 만들었던 것이다. 난 그 휘호의 큼지막함에도 놀랐지만, 먹도 없이 이 큰 글씨를 완성한 것에 대해 더욱 감탄했다. 큰 궁금증이 일었지만, 지금은 그것에 관해 물을 때가 아니니 돌아와서 묻기로 하였다. 이 휘호를 만들기 위해 단은 어제 코빼기도 보이지 않았던 것이다.

출항을 하자 마중을 나온 단이 숨어서 옷고름을 눈에 대고 어여삐 울었다. 아직 온전치 못한 몸으로의 나의 출정이 안타까워서일 것이다.

경상우수영에 도착하니 원균이 선창에 있었다. 그사이 어떻게 배를 주조했는지 판옥선 일곱척을 제외한 작은 배의 수가 십여 척은 넘어 보였다.

"이수사께서 그제 오셨다는 전갈은 받았지만 빗속에서 싸울 수는 없는지라…"

"왜군은 지금 어디 있습니까?"

난 원균의 변명을 듣고 싶지 않아 말을 끊고 물었다. 원균이 빈정이 상해있자 만호 허정이 눈치를 보고 끼어들어 말했다.

"왜적은 지금 사천에 있습니다."

"사천? 오면서 보질 못했는데."

"이수사님께서 놈들을 쳐부순 소문이 나서 정박해있지 함부로 나서지는 못한듯합니다."

허정의 말을 듣고 나는 배를 사천으로 돌렸다. 빈정이 상한 원균은 협조할 뜻이 없는지 우리 군선들의 말미에 붙어 따라왔다. 한 시진쯤 후 사천에 도착하니 정박해있는 왜적의 무리가 보였다.

난 거북선을 먼저 출격시켜 거북선이 왜적의 무리 속으로 먼저 들어가게 했다. 왜적은 거북선을 보고 크게 당황했다. 거북선은 우리가 연습했던 대로 머리로 적의 배를 치받았다. 그리고 뚫린 적의 배에 불붙은 솔방울을 퍼부었다. 곧 왜적의 배는 화염에 휩싸였다. 난 왜적이 당황하는 틈을 타 귀선에게 공격하라는 북을 치게 했다. 뒤따르던 귀선이 일제히 철갑을 올리고 발포했다.

왜적은 혼비백산해서 공격은 엄두도 내지 못하고 달아나기 시작했다. 나는 공격을 늦추지 않고 달아나는 적을 쫓으며 화살을 쏘았다. 우리의 공격을 받고 셀 수 없이 많은 왜적이 죽어 바다로 떨어졌다.

"이수사님 저길 좀 보십시오."

내가 진격이 끊기지 않게 왜적을 몰아갈 때 우부장 김득광이 다가와 손가락으로 대장선 후미를 가리켰다.

"저, 저건 뭐야?"

나는 눈을 의심했다. 멀찍이 뒤따르던 원균의 배들이 죽어 바다에 떨어진 왜구 시체를 끌어 올리고 있었다.

"뭐겠습니까? 수급首級을 거둬 공을 가로채려는 수작질이지요."

몽진한 조정에서 왜적의 수급을 거두면 포상한다는 교지를 내렸다.

"신경 쓰지 말게."

"어떻게 신경을 쓰지 않습니까? 저렇게 되면 모든 공이 경상우수영으로 돌아갑니다."

"우부장은 공적을 위해 출정했는가! 우리가 싸웠다는 것을 하늘이 알고 바다가 알거늘…"

우부장 김득광이 나의 기세에 눌려 더 말을 잇지 못하고 자기 자리로 돌아갔다. 나는 우부장 김득광의 뒷모습을 보고 쓰게 웃었다. 어차피 조정에서는 증좌證佐를 보고 판단하지 싸움에서 누가이기든 그건 중요치 않았다.

패한 왜적은 육지로 달아났다. 그러자 우부장 김득광의 지휘 아래 전라좌수영의 수군들도 바다에 떠다니는 왜적의 시체를 건져 수급을 챙겼다. 그 과정에서 경상우수영의 수군들과 시체를 서로 차지하려는 웃지 못 할 광경이 펼쳐졌다.

수급을 챙긴 원균은 우리 수군이 철수도 하기 전에 뱃머리를 돌려 경상우수영으로 돌아갔다.

임진년
5월 30일

나는 왜적의 동태를 파악하기 위해 사천에 정박했다. 그러나 왜적은 얼마나 겁을 집어먹었는지 우리 근처에는 얼씬도 하지 않았다. 나는 거북선과 귀선의 녹을 방지하기 위해 준비해온 뱀 기름을 수군들을 시켜 철판에 바르게 했다. 덧댄 목판과 송곳을 제거하자 수군들이 쉽게 거북선과 귀선의 등으로 올라가 뱀 기름칠을 했다. 기름의 미끄러움을 방지하기 위해 오라를 가위 자로 묶어 기름칠하는 수군의 허리를 옭매니 힘의 균형이 맞아 누구 하나 철판 등에서 추락하지 않았다. 그 모습에 흡족하여 선실로 들어와 격전 중 겨드랑이를 스친 총상 치료를 했다. 나주목에서 온 선전관 나대용도 총상을 입어 같이 치료했다. 치료 후 원균에게 서찰을 보내 차후 출정을 타진하였다. 그런데 돌아온 답신은 아직 출정 준비가 미비

해 익일翌日 출정은 어렵다는 내용이었다. 그러나 나는 원균이

싸울 의지가 있다는 것에 다소 위안을 받았다.

임진년
6월 1일

나는 대장선 선실에서 어떻게 적을 섬멸할 것인지 각 부장들과 지휘관 회의를 하고 있었다. 물론 모든 작전은 머리에 그리고 있었지만 그래도 만에 하나 있을 작은 실수라도 방지하기 위해서는 지휘관들의 의견을 가볍게 넘길 수는 없었다.

"좌수사님! 나와 보셔야 할 것 같습니다."

전열을 준비 중이던 군관 송일성이 회의실로 뛰어 들어와 말했다.

"왜? 왜적이 출몰했는가?"

"그것이 아니오라…"

군관 송일성이 말끝을 흐렸다.

"뭐, 뭐야! 저건?"

원균이 탄 경상우수영 대장선의 돛에 내가 탄 대장선과 똑같은 오얏 이李글씨가 휘호로 쓰여 있었다.

"저건 뭡니까?"

원균이 내가 탄 전라좌수영 대장선으로 넘어오자 내가 원균의 대장선의 휘호를 가리켰다.

"뭐라니? 휘호 아닙니까!"

"휘호를 왜?…"

"뭔가 오해가 있으신 것 같은데 이李는 조선을 상징하는 글씨 아닙니까? 전하의 존명尊命을 받은 신하가 조선을 상징하는 휘호를 사용하는 것에 무슨 문제가 있습니까?"

어이가 없었다. 그러나 할 말은 없었다. 그의 말은 틀리지 않았고 이李는 나쁜 아니고 나라님의 성씨이기도 했다.

임진년
6월 2일

원균은 앞장서서 바다를 누볐다. 왜적은 휘호를 보고 달아나기 바빴고 원균은 그야말로 종횡무진縱橫無盡 하였다. 그러나 별 소득은 없었다. 특별한 대책도 없이 그냥 적진 속으로 뛰어들었을 뿐 왜적의 조총 공격에 속수무책이었다. 원균은 조총의 사정거리조차 몰랐고 그로 인해 경상우수영의 많은 병사가 조총에 맞아 죽었다.

나는 그 모습을 보고만 있을 수가 없었다. 나는 진격명령을 내렸고 거북선을 앞세워 적진으로 파고들었다. 아무리 조총을 쏴대도 끄떡없는 거북선과 귀선은 왜적의 상대가 되지 않았다. 아무리 공격을 해도 소용이 없자 왜적은 달아나기 시작했다.

왜적은 배를 버리고 육지로 달아났다. 나는 각 부장들이 육지로 쫓아가려는 것을 제지했다. 육지에서의 전투는 수군이 담당할 일이 아니었다. 또한, 백병전에서의 왜적은 상상 이상의 전투력을 갖추고 있었다. 정박해있는 왜적의 배를 불태우고 거북선을 물리니 참으로 감개무량하였다.

그때 우부장 김득광이 달려왔다.

"좌수사님 큰일 났습니다."

"큰일이라고?"

난 왜놈들에게도 머리를 쓰는 놈이 있어 우리가 적군을 쫓아 해안까지 깊숙이 들어온 때를 노려 후미를 친 것으로 생각했다.

"전투준비!"

나는 북꾼에게 북을 빨리 치게 해 공격 준비를 서둘렀다.

"그것이 아닙니다. 좌수사님!"

"아니라고?!"

"적의 공격이 큰일이 아니면 대체 뭐가 큰일이란 말인가?"

"경상우수영의 수군들이 죽은 대리군들의 머리를 자르고 있습니다."

"뭐라고? 아니, 왜!"

나는 너무 놀라서 말을 더듬으며 잘 잇지 못했다.

"잘은 모르겠으나 왜적의 수급과 섞으려는 듯합니다."

나는 너무 어이가 없고 기가 막혀 급히 척후병이 타는 작은 탐색선에 옮겨 타고 문제의 경상우수영 배로 갔다.

내가 다가가자 배 위에서 줄사다리가 내려왔다. 사다리를 타고 올라가자 배 위에는 경상우수영의 대리군 시체가 쌓여 있었고 이미 목이 잘려나간 시체도 여럿 있었다.

"무슨 짓들을 하고 있는 것이냐!"

내가 소리치자 경상우수영 배의 책임자쯤 되는 부장 하나가 예를 갖추고 다가와 말했다.

"어차피 대리군으로 죽은 상놈들이온데 목을 잘라 썩으면 왜놈인지 대리군인지 식별조차 어려우니 전리품으로 사용한들 표가 나겠습니까?"

"호! 그러냐? 하면 네놈의 머리를 먼저 잘라 전리품으로 사용하여야 하겠구나!"

나는 소리치며 칼을 뽑아 단칼에 놈이 쓰고 있는 모자의 상투 부분을 쳤다. 그런데 그 부분은 철이 같이 섞여 있어 완전히 잘리지 않고 반쯤 잘리며 그 충격에 놈도 같이 쓰러졌다. 내가 재차 놈을 향해 칼을 치켜들자 놈은 바짓가랑이에 오줌을 질질 싸며 그대로 기절해버렸다.

나는 주위의 군졸들을 시켜 잘린 수군의 시체들을 찾아 머리를 꿰 맞춰주게 하였다.

"또 이 같은 일을 벌이면 행위에 가담한 모든 놈의 머리를 기필코 잘라 소금에 절여 전리품으로 사용하겠다!"

난 경상우수영의 배를 전라좌수영의 대장선으로 붙이게 해 죽은 대리군의 시체를 옮겨 싣게 하였다.

이 사건 이후로 누구도 죽은 아군의 시체를 훼손하는 수군은 없었다.

그러나 이 짓을 일게 중부장이 저질렀을 리는 만무하고 분명 원균의 탐욕에서 나온 것이라는 것은 불 보듯 뻔한 일이었다.

임진년
6월 3일

   화를 풀 곳을 찾을 수 없어 다음날 왜적이 정박한 개도를 목표로 삼아 거북선을 앞세워 공격하려고 했으나 우리 배를 보고 왜적들은 모두 육지로 달아나 한 명도 볼 수가 없었다.

   전열을 정비하고자 닻을 내리고 개도에 정박하고 부서진 배들을 살피니 전투가 치열했던 만큼 우리의 피해도 적지 않았다. 싸우기 위해서는 경상우수영의 협조가 절실한데 어제 대리군에 행했던 사건으로 원균의 협력이 염려되었다.

임진년
6월 4일

　오후에 원균이 경상우수영의 많은 수군을 거느리고 나타났으므로 더는 어제의 일은 문제 삼지 않기로 하였다.

　하지만 워낙 음흉하기 짝이 없고 욕심이 많은 인사라 마음을 허술히 해선 안 되었다.

　해 질 무렵 비가 쏟아지기 시작했다.

　비가 쏟아지자 원균의 대장선 휘호는 먹물이 흘러내려 글씬지 먹물인지 그 모양이 해괴했다. 원균도 더는 볼 수가 없었는지 돛을 내리고 개도에 정박했다.

　그런데 단이 만든 휘호는 작은 먹의 번짐도 없이 굳건했다. 나는 먹물이 흐르지 않는 것이 하도 신기해 돛을 내리게 하고 글씨를 관찰해 보았다.

　글씨를 자세히 보니 글씨는 붓으로 쓴 것이 아니고, 내가

써준 글씨를 확대해 글씨 모양의 검은 헝겊을 오려 붙여 바느
질로 꿰맨 것이었다. 난 또 한 번 단의 기지에 탄복하였다.

일곱

피붙이

임진년 6월 5일부터

6월 11일까지

임진년
6월 5일

　착포랑鑿浦浪에서 하룻밤을 정박한 나는 고성으로 향했다. 당항포唐項浦에 이르니 판옥선만큼 큰 왜적의 대장선이 눈에 들어왔다. 왜적의 대장선 주위의 배는 대장선의 반쯤 크기였고 그 뒤에는 더 작은 배도 있었다.

　나의 명령이 떨어지자 거북선을 앞세운 우리 공격에 왜적은 거의 전멸했고, 살아남은 몇 안 되는 왜적은 육지로 달아났다. 죽은 놈 중에 비단을 걸친 놈이 일곱이므로 왜장으로 생각되었다.

임진년
6월 6일

날이 맑았으므로 배를 정렬하고 부서진 배들을 수리했다. 하지만 크게 망가진 배는 전문 목수의 손이 필요했기에 임시 방편이었다. 경상우수영에서 옮겨온 대리군들의 시체가 썩어 악취가 진동하므로 깊은 바다로 가 수장했다.

육지에 고이 묻어주지 못해 마음이 아팠다.

임진년
6월 7일

배를 몰고 영등포를 향해가는데 정찰을 나갔던 탐색병이 말하길 왜적이 율포에 있다고 했다. 복병선伏兵船을 띄워 알아보니 그 수가 다섯 척으로 많지 않아 김완金完 이몽구李朦九 정운鄭運등이 출정하여 왜적의 중선 다섯 척 중 각 한 척씩 세척을 잡아 왔다. 나머지 두 척은 남쪽에 있는 적진으로 달아났다.

임진년
6월 8일

왜적이 남쪽 끝 자신들이 구축한 진지에서 나오지 않고 있으므로 난감했다. 원균은 같이 가서 쳐부수자고 했지만, 대책도 세우지 않고 쳐들어갔다가는 결과가 불 보듯 뻔했다. 원균의 채근에 경상우수영 수군이 앞장서면 뒤따라가겠다고 하니 원균이 화를 내며 자리를 파하고 나갔다.

임진년
6월 9일

　원균이 재차 출정을 채근하므로 대장선을 띄워 천성天城 가덕加德 미조항 등을 둘러보았으나 적선이 한 척도 없어 안심하고 당초에 정박했다.

임진년
6월 10일

아침에 원균을 만나 왜적 진영에서 변화가 보이면 다시 공조하기로 하고 나는 우리 수군들과 함께 전라좌수영으로 떠났다.

우리가 전라좌수영 영내로 들어서자 이미 바닷가에는 많은 백성들이 나와 나팔도 불고 꽹과리도 치며 우리 수군을 맞으니 마치 축제의 분위기였다. 그러나 나는 그런 축제에 휩쓸리고 싶지가 않았다. 이번 전투에서 죽은 우리 수군이 적지 않았고 수장한 원균의 대리군까지 합치면 백이 넘었다.

단이 내 표정이 밝지 않은 것을 보고 묵묵히 군관 송일성이 건넨 내 소지품을 챙겼다.

난 간단하게 해단식을 했다. 각 부장은 내 표정을 보고 축제 분위기에 휩쓸리지 않았다. 난 전라좌수영 수군의 합동장

례를 철저히 준비하라고 각 부장에게 이르고 동헌의 내 거처
로 돌아왔다. 단이 내 마음을 알았는지 일언반구도 없었다.

늦은 저녁상을 물리자 단이 야록을 쓰기 위해 지필묵을 준
비하고 먹을 갈았다. 묵지에 먹물이 고이자 단이 붓을 들고
말했다.

"말씀하시지요."

"내가, 오늘은 아무 말도 하고 싶지가 않아. 야록은 내일로
미루게."

"서방님 전쟁은 지금이 시작입니다. 앞으로 있을 전쟁에서
얼마나 많은 사람이 죽을지는 아무도 모릅니다. 그때마다 서
방님이 의기저상하여 있으면 서방님의 수하 장수들은 무엇을
보고 배우겠습니까?"

"이걸! 수많은 부하가 죽었다!"

"사람은 태어나면 언젠간 죽습니다."

"그들은 내 지휘가 미흡해 죽은 거야!"

"사람이니 실수도 있는 겁니다."

"그 실수가 죽음과 연관된다."

"그럼 출정치 마십시오. 그러면 아무도 죽지 않습니다."

"이걸!"

"대신 왜놈들에 의해 조선백성은 몰살당하겠지요."

말을 마친 단이 벼루를 윗목으로 밀어놓고 방을 나갔다. 난

단이 밀어놓은 벼루를 한참 바라보다 끌어왔다. 종이를 펴고 붓을 들으니 격한 마음이 가라앉았다. 붓으로 요 며칠 있었던 전쟁 이야기를 써 내려갔다.

임진년
6월 11일

기침起寢했는데 몸의 상태가 엉망이었다. 밖에 퍼붓다시피 하는 빗소리를 들으며 다시 지병이 도졌다는 걸 느꼈다. 윗목을 보니 내가 어젯밤 작성한 서기가 그대로인 것으로 보아 어제 내 행동이 단에겐 불식간不識間이었을 것이다.

"이걸은 뭐하고 어멈이 상을 들이는가?"

"이걸은 출타 중입니다."

"아니, 이 비에?"

"간밤에 잠을 못자고 엎치락뒤치락하더니 새벽같이 나갔습니다."

"나는 절로 고개가 갸우뚱해졌다."

"그런데 말일세."

나는 상을 놓고 나가는 질임을 불러 세웠다.

"네, 나으리 무슨 시키실 일이라도 있으신지요?"

질임은 단이 내 첩이 아니라는 사실을 아는 유일한 사람이고 내가 여서女婿(사위)가 아니므로 내게 극존칭을 썼다.

"혹여 이걸 말고 다른 피붙이가 또 있소?"

"넵!"

질임의 단말마 같은 대답이 어찌나 큰지 질문한 내가 더 놀랐다.

"왜 그리 놀라는가? 난 이걸에게 다른 형제가 있는지 묻는 것일세."

하지만 질임은 대답을 못하고 얼굴이 사색이 돼 어쩔 줄 몰라 했다.

"그, 그것이…"

"대답하기 곤란한 질문이면 아니해도 되네."

"그럼 쇤네는 이만…"

질임은 황급히 방을 나갔다. 난 그녀가 나간 방문을 보며 이해가 되지 않았지만, 밥숟가락을 뜨며 그 궁금증은 더해 갔다.

"나으리 임단이옵니다."

나는 귀를 의심했다. 단이 이걸영으로 바뀌기 전의 이름을 사용한 것도 놀라웠지만 하녀가 상전에게 사용하는 극존칭을 씀에 더욱 놀랐다.

"무슨 장난인가! 갑자기 나으리… 임단은 뭐고?"

나는 내 앞에 하녀가 상전 앞에 무릎을 꿇고 앉는 모습의 단에게 말했다.

"어디까지 눈치를 채신 것이옵니까?"

"뭘 말인가?"

"제 피붙이에 대해 말씀하셨으면 쇤네 임단과 쇤네 어미 질임이 한 짓을 알고 하문이신 것이지요?"

"대체 무슨 말인가?… 알아듣게끔 말을 해!"

나와 임단 사이에 뜨거운 차 한 잔 마실 정도의 시간이 침묵 속에 흘렀다.

"제 피붙이는 어미 질임뿐입니다."

침묵을 깨고 임단이 입을 열었다.

"그럼 그렇다 하면 되지 이녁이나 어멈이나 왜 그리 과민한가? 그러지 않아도 비가 와서 내 몸도 성치 않은데."

다시 뜨거운 차 한 잔 마실 시간이 침묵 속에 지났다.

"하면… 쇤네의 피붙이에 대한 하문은 무엇이온지요?"

"허 참! 이걸 내 입으로 말을 해야 하나?"

내가 곤란해 함에도 단이 내 눈을 똑바로 주시했다.

"그래 내 얘기하지. 이녁이 하도 총량總量(똑똑)해 내가 의지하는 바가 커 혹여 다른 피붙이가 있으면 이 전쟁에 도움이 될까 해 물었네. 왜?”

“상을 물리겠습니다.”

“이녁도 그렇고 어멈도 그렇고 피붙이에 대해 왜 그리 과민한 건가?”

단이 상을 들고 나가려다 멈췄다.

“나으리께서 전라좌수사가 된 것에 저와 제 어미는 하늘님께 감사했습니다.”

“뭐! 건 또 무슨 소린가?”

“제 어미나 제가 이름에 임자를 붙이게 된 연유는 지난번에 충분히 설명해 드렸습니다.”

난 단의 집안 내력을 다시 상기했다.

“지금부터는 노비가 된 기구한 운명의 여자들 얘기를 하겠습니다.”

단이 차분하게 운을 뗐다. 난 그 목소리에서 범접할 수 없는 기氣를 느꼈다.

“거의 세상 남정네들의 공통점은 지체 낮은 여자를 생리처리 도구로밖에 생각하지 않습니다.”

중종반정으로 시집간 지 육 개월 밖에 되지 않은 단의 증조모는 절혼絶婚을 당하고 시집에서 쫓겨났다. 증조모가 며느리로 있으면 가족이므로 같이 멸문지화를 당한다.

임신 육 개월이던 그녀는 졸지에 어느 지방 현의 관비가 되었다. 반정 전이라면 감히 얼굴도 똑바로 볼 수 없었던 지체 높은 신분의 여자를 관속의 대장(놈)은 그냥 두지 않았다.

그녀가 임신한 것은 놈의 생리처리에 전혀 문제가 되질 않았다. 오죽하면 해산날까지 그녀를 덮쳤다. 놈은 그녀가 이슬(피 섞인 분비물)이 터지고 나서야 그 짓을 그만뒀다.

조산해 딸을 난 후에도 놈은 그 짓을 멈추지 않았다. 딸에게 젖을 물리고 있을 때도 그 짐승만도 못한 짓은 계속됐다. 결국, 그녀는 질에 큰 병이 걸렸다. 그런데도 놈은 그 짓을 계속했다. 앞 구멍이 고장 났으면 뒷구멍이 대신하면 된다는 것이었다.

어느 날 놈이 뒷구멍에 그 짓을 끝내고 잠이 들었을 때 그녀는 놈의 남근과 불알을 이빨로 물어뜯어 죽였다. 그녀는 관속들에게 맞아 죽었지만, 어차피 질의 병으로 인해 곧 끊어질 목숨줄이었다.

이것이 진짜 임씨 가문의 마지막 여자의 이야기였다. 그녀는 죽기 전까지 품 안의 딸에게 정치의 부당함을 역설했다. 그리고 기회가 오면 여자가 겪어야 하는 운명을 거부하라고 했다. 핏덩이 딸은 놀랍게도 어머니가 말했던 모든 말을 기억했다. 그리고 그 말은 임단의 어미 질임에게 그대로 전해졌다.

"이것이 유전인지는 모르겠으나 쇤네도 어미가 핏덩이 때 한 말을 모두 기억합니다."

"이야기의 본질本質은 뭔가?"

"할머니는 출산하고 핏덩이인 딸(질임)이 모든 얘기를 알아 듣는 신통함을 확인한 뒤 사라졌습니다."

"죽었단 말인가?"

"핏덩이던 어미가 그걸 알 수는 없죠."

"허면, 질임은 이녁이 나이가 열다섯이 되도록 왜 함께하 는가?"

"남정네들은 어미를 덮칠 수가 없습니다."

"왜 무슨 큰 병이라도 있는가?"

"질임은 질에 큰 병이 있다는 뜻입니다."

"아니 이녁은 그런 말을 그리 허물없이…"

"질임이라는 이름은 할머니가 사라지기 전에 어미에게 지 어준 이름이고 그곳에 병이 있어야 남정네들이 범접犯接지 못 한다 했습니다."

"사내들이 범접지도 못했는데 이녁은 어찌 낳았는가?"

"쇤네를 낳고 나서 어미가 질에 큰 병을 만들었습니다."

"병을 만들어? 그게 가능한가?"

"세신이 큰 역할을 했습니다."

"세신이라면…, 그 화한 향기의 약제 말인가?"

"세신으로 질을 소독한 뒤 관계 전 썩은 물을 질에 넣으면 남정네들의 가벼운 접촉에도 남근에 큰 병이 걸립니다."

"여인네도 병에 걸리긴 마찬가지 아닌가?"

"세신이 병을 막아줍니다. 그리고 관계 후에도 세신으로 질을 깨끗이 닦아줍니다. 세신은 임신하는 것을 막아주기도 합니다."

"아무리 그래도 질임만 멀쩡하면 의심받지 않나? 남정네들이 불시에 덮칠 수도…"

"쇤네 나이 일곱 살 때 어미는 질을 막아버렸습니다."

"뭐!… 뭐야?"

"일곱 살 여름 어미와 함께 세신을 캐기 위해 온 산을 뒤졌습니다. 난 왜 그렇게 많은 세신이 필요한지 알 수가 없었습니다. 다음 날 아침 어미가 손절구에 세신을 으깨 질 두덩에 더덕더덕 붙이고는 일각쯤 뒤 반짇고리에서 바늘을 꺼내 질 두덩을 찔러본 뒤 참을만 하자 거울을 질이 잘 보이게 제게 들고 있으라고 하고 반짇고리에서 꺼낸 작은 칼로 질 안한 쪽을 찢었습니다. 세신 때문인지 피는 많이 나지 않았습니다. 그러자 어미는 찢지 않은 반대쪽 질도 칼로 찢었습니다. 그리고는 제게 실을 꿴 바늘로 찢어진 질 양쪽을 붙여 꿰매라고 했습니다. 난 울면서 싫다고 했습니다. '짝!' 어미가 내 뺨을 때리고 이렇게 말했습니다. '너도 네 딸에게 이 짓을 시켜야 해!' 난 엄마의 질을 울면서 꿰맸습니다."

"그렇게 한다고 질이 막히나?"

"제가 다섯 살 때 병아리보다 조금 큰 작은 닭이 떨어뜨린 바늘을 먹이로 착각하고 찍어 먹었습니다. 그 후 닭은 먹이도 먹지 못하고 시름시름 앓아 죽을 날만 기다렸습니다. 그러자 제 어미 질임이 닭 가슴을 칼로 가른 뒤 모래주머니에 있던 바늘을 뽑아내고 가른 가슴을 꿰맸습니다. 그 후 닭은 무럭무럭 자라 씨암탉이 되었습니다.

"그서야 닭 얘기지… 뭐? 그림 지금 질임이…?"

단이 긍정적인 옅은 웃음을 지으며 말을 이었다.

"할머니나 어미나 또 쇤네나 다 사람 보는 눈은 탁월합니다. 유전 같습니다. 그래서 할머니도 누군가의 씨를 받아 어미를 낳았고, 어미도 또 누군가의 씨를 받아 쇤네를 낳았습니다."

"무슨 소릴 하는 것인가? 그럼, 설마, 나를…"

"그렇습니다. 경상우수영 원수사가 이곳에 오셨을 때 이수사님 말씀처럼 굳이 쇤네가 자리끼를 가지고 원수사님의 침소에 들어갈 필요는 없었습니다."

"서, 설마?"

난 어이가 없었다.

"그렇습니다. 어미와 쇤네는 나으리의 씨를 받기 위해 계략을 꾸몄습니다."

"그래서 내가 묻는 피붙이란 말에 그리 정색을 했던 것이

로구나."

"어미가 제게 계략이 탄로가 났다 했습니다. 모든 것을 제
자리로 돌려놓을 준비가 되었으니 하문하여 주셔요."

"나가라! 더 이상 네 말은 듣고 싶지 않다."

단이 조용히 밥상을 들고 나갔다.

여덟

그네
포

임진년 6월 12일부터

6월 25일까지

임진년
6월 12일

퍼붓듯 하던 비가 걷히고 햇살이 창을 통해 비쳤다. 그래서 인지 몸이 한결 개운했다. 세면을 하고 가볍게 의상을 갖추자 밖에서 조금은 낯선 아녀자 목소리가 들렸다.

"나으리 시방 조반을 올리겠어라."

조반상을 들고 질임도 임단도 아닌 점례가 들어왔다. 점례는 서른이 갓 넘은 질임 다음가는 부엌의 부대장이다. 어제 점심부터 점례가 밥 시중을 들었다. 그러나 밥도 국도 반찬도 늘 먹던 맛 그대로인 질임의 손맛이었다.

관복을 갖춰 입고 동헌을 나서는데 바닷가 쪽에서 큰 검은 연기가 피어올랐다. 바람이 동헌 쪽을 향해 불어서인지 냄새가 역했다.

"저 연기는 뭐고 이 역한 냄새는 또 뭔가?"

그때 마침 동헌으로 들어온 군관 송일성에게 물었다.

"어제 이걸께서 지시한 대로 전사한 수군을 화장하고 있습니다."

"아직 장례식도 치르지 않았는데 화장을 해?"

"어제 아침에 합동 장례식을 치렀습니다. 연고가 있는 대리군 시체는 연고지로 파발을 보내 망인亡人을 가족들이 수습했고 연고가 없거나 수습치 않겠다는 시체를 모아 화장하고 있습니다. 무엇이 잘못되었는지요?"

"아, 아닐세. 식전 댓바람부터 화장하니 당혹스럽군."

단이 죽은 병사들로 하여금 가슴 아파하는 나를 배려했다는 것을 알았다.

"이걸께서 비가 왔으니 서둘러야 해지기 전에 유골을 수습할 수 있다고 했습니다."

"오늘 말인가?"

"해도 뜨기 전 관사로 와 지시해 소인도 당혹스러웠습니다."

"으음."

난 입속으로 신음을 삼켰다. 그리고 임단 없이 전쟁을 제대로 치를 수가 있는지 스스로 하문했다. 자신이 없었다. 난 외출을 미루고 내방에서 밥상을 들고 나오는 점례에게 물었다.

"이걸은 지금 어디 있는가?"

"글씨요, 쩌그 깜장연기 나는데 가 있지 않겄써라."

점례가 오른손 검지로 화장터를 가리켰다.

"어디 있건 내가 찾는다고 하게."

"야, 알겠어라."

난 내방에서 단을 기다리는 동안 서기를 준비했다. 어제 들었던 단이 피붙이들의 파란만장한 얘기를 소홀이 넘길 수가 없었고 이는 반드시 야록에 수록해야 했다.

"나으리, 임단이옵니다."

단이 문 앞에 와 나만 들을 수 있게 작게 말했다.

"들어오게."

단이 들어와 문을 닫고 양 손바닥을 방바닥에 대고 무릎을 꿇고 앉았다.

"평소대로 앉아도 되네."

단은 평소엔 한쪽 무릎을 세우고 앉았다.

"그건 이걸영으로 이수사님의 첩일 때입니다."

단은 요지부동이었다.

"알았네, 그럼 이녁과 내가 정식으로 첩妾과 정남情男 사이로 공표하면 되는가?"

"공표는 언제 하십니까?"

"글쎄, 언제가 좋을지…"

"빠를수록 좋습니다."

"알았네, 그럼 오후에 화장한 유골을 수습하고 내일 오전에 매장한 뒤 공표토록 하지, 그러니 편히 앉게."

"공표가 있기 전까지는 이 자세를 유지하겠습니다."

임진년
6월 13일

오정 때 단이 내 첩임을 공표했다. 모인 많은 사람은 크게 환호했다. 내가 곳간을 열어 쌀과 곡식을 풀었다. 백성들이 그 쌀로 시루떡도 찌고 과자도 만들었다. 부장들은 돈을 갹출해 돼지도 잡고 과실과 술도 샀다. 전라좌수영은 완전 잔칫집이 되었다. 그런데 정작 단의 모습은 보이지 않았다. 잔치는 어두워질 때까지 계속됐다. 온누리에 땅거미가 내려앉자 잔치를 파하고 모든 사람이 돌아갔다. 그때 단이 내 방으로 들어왔다.

"이, 이녁 그 차림은 뭔가?"

단이 감색 치마에 옅은 하늘색 저고리로 곱게 단장하고 머리를 올려 겨레 쪽을 짓고 옥잠(옥비녀)을 꽂고 있었다.

"이녁은 첫날밤 새색시입니다."

"그, 그거야 형식상…"

"서방님! 잔치까지 치르고도 형식상 첩이라 하시렵니까?"

"서, 설마 이녁?…"

"왜요? 이런 결과를 낳기 위한 함정에 서방님이 빠지셨냐고요?"

말을 하며 단이 왼손을 펴 위로 올라가게 하고 오른 손등으로 받친 뒤 내세 근절을 했나. 나도 얼떨결에 두 손을 모으고 맞절을 했다. 모든 행위가 끝났기에 우리는 정식으로 첩과 정남이 되었다. 비로소 이 모든 것이 내 정식 첩이되기 위한 단의 계책이었다는 것을 알았다.

임진년
6월 14일

기침을 하니 곁의 단의 이부자리는 다소곳이 개켜 윗목에 밀려있었다. 우리 두 사람은 모든 사람 앞에서 첩과 정남임을 공표하였으나 실상 나는 단을 첩으로 받아들일 수 없었다. 단이도 그런 내 마음을 아는지 내 이부자리로 넘어오지 않았다.

임진년
6월 15일

단이 머리를 올리고 쪽을 진 모습은 소녀에서 여인으로 변모시켰고 그에 따라 지위도 격상되었다. 자연히 동헌에 드나드는 군관들과 나의 사무를 알게 되었고 포사격에 의한 귀선의 취약함을 귀담아들었다. 단이 남자라면 귀선에 올라가 배의 동태를 살피고 대처방안을 마련할 수 있었지만, 여인네는 싸움하는 배에 오를 수가 없어 안타까웠다.

임진년
6월 16일

　배의 점검을 마치고 내가 타는 대장선이 돛을 올리자 이^李자 휘호가 펼쳐졌다. 난 그제야 글씨가 비가와도 흐르거나 번지지 않는 궁금증이 일었다.

　"이녁 저 글씨는 무슨 조화로 비기와도 먹이 번지거나 흐르지 않는 건가?"

　난 곁에서 대장선의 휘호를 바라보고 있는 단에게 물었다.

　"신기해하실 것 없습니다. 먹물이 아닙니다."

　"먹물이 아니라고?"

　"밥을 짓고 난 솥에 붙은 깜장을 긁어냈고 모자라는 것은 대장공들이 풍구에 넣고 태운 숯가루로 대신했습니다."

　"아무리 그래도 검은 물은 흐르지 않나?"

　"뱀딸기 열매도 한몫했습니다. 뜯어서 깜장색이 나는 풀이나 열매들을 같이 넣고 쉰내가 코를 찌르도록 썩혔습니다.”

“그게 검정 물이 번지지 않는 것과 상관이 있는 건가?”

“쉰내가 나는 폭삭 썩힌 검은 물에 천을 적셔 말리고 흐르는 물에 빨아 다시 말리면 비가와도 흐르거나 번짐이 없습니다.”

난 단이가 하도 대견해 두 손바닥으로 단의 양 뺨을 만졌다.

“서방님 이녁은 아이가 아닌 첩입니다. 보는 눈이 있는 곳에서는 이 같은 행동은 안 됩니다.”

임진년
6월 17일

"서방님 며칠 전 말씀하신 귀선 포방의 취약점 말인데요."

단이 야록에 서기를 하며 운을 뗐다.

"왜 좋은 방법이라도 있나?"

"포를 쏠 때 포를 쏘지 않는 포방의 문도 열어놓으면 소리가 많이 분산되지 않을까 싶어서요."

"그건 진즉부터 그렇게 하고 있네. 시급한 건 포를 쏘는 충격으로 포방이 부서지는 것일세."

"그거야 대포가 지면에 닿지 않게 하면 해결될 일이지요."

"대포를 공중에 띄우란 말인가 무슨 재주로."

"그네를 태우면 간단하지요."

"그네를…! 어떻게?"

"동아줄을 포방 서까래에 걸고 내린 다음 바닥에서 한자쯤 공중에서 고정하고 그 위에 대포를 올리면 됩니다."

임진년
6월 18일

 단이 말 한대로 해보려고 했지만 귀선에 그네를 만드는 것은 그리 쉬운 일이 아니었다. 이미 만들어진 서까래에 굵은 밧줄을 고정하는 자체가 어려웠다. 동아줄을 고정하려면 동아줄을 움직이지 못하게 매듭을 짓고 그 매듭에 징을 박아 고정해야 하는데 서까래의 공간이 좁아 망치질 자체가 되지 않았다. 포방 벽에 징을 박고 밧줄의 매듭을 걸어보려고도 해보았으나 포의 무게를 이기지 못한다는 목수 대장 양충호의 설명이었다.

임진년
6월 19일

아침밥을 먹으며 단에게 포방 그네 설치의 곤란함을 얘기
했다.

"이녁이 귀선에 가보겠습니다."

"여인네는 귀선에 탈 수가 없잖은가?"

"누가 탄다고 했습니까?"

나는 귀선 가장자리 철판을 모두 올려 밖에서도 단이 포방
벽과 서까래 등을 자세히 볼 수 있게 하였다.

임진년
6월 20일

"이녁도 귀선에 그네를 설치하는 것은 불가한 것이지?"

야록을 준비하는 단에게 넌지시 물었다. 단은 어제 귀선을 살핀 뒤 지금껏 일언반사一言反辭도 없다.

"큰일을 하시는 서방님께서는 소소한 것에는 너무 취약한 것이 아닌가 하는 이녁의 생각입니다."

"그게 무슨…? 혹여 방도方途를 찾은 것인가?"

"방도랄 것이 있나요. 그냥 밧줄을 걸면 되지요."

"밧줄을 걸어? 어디다?"

"포방에 밧줄을 걸 곳은 서까래밖에 더 있나요?"

"서까래는 틈이 없어서 매듭도 고정할 수 없다지 않았나?"

"왜 매듭과 고정을 고집하셔요?"

"달리 방법이 없잖은가."

“밧줄을 서까래 너머로 그냥 걸치기만 하면 되지요.”

“그 생각도 안 해본 건 아니야 그렇게 되면 대포가 그냥 있지 않고 움직이기 때문에 지금과 별반 다르지가 않아.”

“서까래에 홈을 파면 밧줄은 움직이지 않죠.”

“홈!”

임진년
6월 21일

    포방 그네의 틀이 잡혔다. 밧줄을 자르지 않고 길게 늘어뜨린 다음 칸으로 넘겼다. 넘긴 서까래에는 밧줄이 들어갈 홈을 팠다. 그리고 또 다음 칸에도 그다음 칸에도 똑같이 넘기고 장치를 했다. 밧줄이 움직이지 않았다. 완벽을 위해 포를 그네에 태우고 줄이 시작되는 곳에 줄 넓이의 요凹를 박으니 그야말로 요지부동이었다.

임진년
6월 22일

그네를 탄 포를 실험하기 위해 잡아 온 왜적의 배를 포사격 범위 안에 세우고 포를 쐈다. 그런데도 포는 그네를 타듯이 움직일 뿐 포방의 상함이 조금도 없었다. 거기다 포가 그네를 타고 있어 울리는 소리도 한결 작았다. 또한, 그네를 타는 포는 좌우 위아래 조준사격도 가능해 공격하고자 하는 곳을 입맛대로 골라 맞췄다.

임진년
6월 23일

난 등잔불 아래서 수기를 하는 단을 유심히 살폈다. 머리를 올리고 쪽을 하고 있어도 내 눈에는 아직 어린 티를 벗지 못한 솜털이 보송한 아이다. 그러나 하는 생각이나 행동은 사십을 훌쩍 넘긴 나를 훨씬 뛰어넘는다. 사람의 식견이나 능력은 타고날 때부터 지니고 태어나는 것을 미루어 짐작할 수 있다.

"오늘 밤부터는 어미 질임과 같이 자겠습니다."

수기를 마친 단이 말했다.

"아니 잠자리가 불편한가?"

"이녁보다는 서방님이 불편한 것 아닌가요?"

"이녁은 내가 진짜 정남情男이 돼주기를 바라는가?"

"그것은 이녁이 정할 일은 아니지요."

"하지만 난."

"그러니 어미와 자겠다는 겁니다."

잡아둘 명분이 없는 내가 머뭇거리자 단이 서기한 야록을 윗목으로 미루고 조용히 방을 나갔다. 단이 나간 방문을 주시하며 나는 지금 내가 하는 짓이 올바른 것인지 아니면 그른 짓인지 종잡을 수가 없다. 한참을 그렇게 있다 단이 적어놓은 야록을 펼쳤다. 내용은 있었던 일을 한 자도 빠짐없이 적었다. 단의 사심私心은 조금도 없있다.

임진년
6월 24일

점심을 먹고 있는데 전라 우수사 이억기李億祺가 왔다. 평양까지 진군한 왜적이 해상에서 내게 연패를 하자 크게 노한 도요토미 히데요시가 직접 하달해 적장들이 나를 칠 계획을 도모圖謀한다고 했다. 그중 우두머리가 와키자카 야스하루인데 그가 왜적 중 최고 지휘관이다. 나도 왜놈 포로들에게서 그의 명성을 일찍이 들은 바가 있다. 놈은 용인성 싸움에서 천육백의 군사로 조선군 오만을 물리쳤다.

"그래서 말인데 이수사님 귀선에 새로운 포를 설치했다고 해서 좀 보고 배울까 해서 왔습니다."

"아 그네 포 말인가?"

"그게 그렇게 효율성이 좋다면서요?"

난 이억기를 데리고 귀선으로 가 다시 시범포격을 하였다.

내가 지시한 곳에 포탄이 정확히 날아가 명중하는 것을 보고 이억기가 감탄했다.

이억기는 이 기발한 발상發想을 내가 한 것으로 생각했다. 하지만 나는 긍정도 부정도 할 수가 없다. 이 모든 것이 단의 발상이라고 할 수도 없다. 작금昨今 조선의 현실은 아녀자는 자신의 견해를 밝힐 수 없다. 남정男丁에게 참견을 금하고, 더구나 관비의 신분으로 이제 겨우 머리를 올려 쪽을 진 여자 신분으로는 생각조차 할 수 없는 일이다.

임진년
6월 25일

어제 이억기가 왔다 갔는데 오늘은 원균이 왔다. 전투상황이 아니면 보통은 서찰로 의견을 소통하지 직접 만나는 일이 없어 의아했다.

"경상 우수사를 동헌으로 불러 독대하지 마셔요."

내가 원균을 마중하기 위해 나서자 단이 참견했다.

"왜! 그건 예의가 아닌데?"

"우수사는 아쉬운 것이 없으면 전라좌수영까지 올 사람이 아닙니다."

"그렇다고 동헌 말고 딱히 들일 때도 없고, 어제 전라 우수사와도 동헌에서 독대하지 않았는가?"

"객관으로 들이셔요."

"객관?"

"주안상은 이녁이 준비하지요."

"그래도 어찌 객관에… 직위도 있는데…"

"사리 분별이 모자란 사람이라 음식이 각별하면 동헌이 아니고 객관도 무방합니다."

난 단의 말대로 원균 일행을 객관으로 안내했고 원균도 처음엔 내심 불쾌한 표정이었으나 객관에 차려진 술과 음식을 보고 동헌에서는 이와 같은 술과 음식을 차릴 수가 없으므로 매우 흡족해했다.

"내가 오늘 여기 온 이유는 말입니다."

술잔이 몇 순배 돌고 분위기가 무르익자 원균이 자신이 온 목적의 운을 뗐다.

"지난번 내가 이수사님께 배 일곱 척을 빌려갔으나, 실은 내가 우리 부하들과 네 척의 배를 나누어 타고 왔으니 실상은 세 척을 빌린 것이지요."

"무슨 말입니까? 판옥선은 원수사께서 타고 온 대장선 한 척뿐이고 나머지는 판옥선 반 크기의 중선이 아니었습니까?"

"뭘 그리 따집니까? 배의 척수가 중요한 거지, 그래서 하는 말인데 기왕 빌려주시는 거 귀선도 한 척 빌려주시오."

단의 말은 적중했다. 원균은 적과의 전투에서 자신의 대리 군들은 백 명 이상 죽고 배도 큰 피해를 보았는데 귀선에 탄 우리 수군은 단 한명도 죽지를 않았다. 실상 원균이 아무런 대책도 세우지 않고 적과 총격전을 벌여 많은 사상자가 났다. 우리 수군 또한 그를 도우려고 뛰어들었다가 개전 이래 처음으로 사상자가 발생한 것이다.

단이 술상을 의도적으로 차린 것이다. 혹여나 실수가 있더라도 취기에 의한 주정으로 치부하면 된다.

난 원균에게 주정인 듯 그간 원균의 잘못을 꾸짖었다. 그리고 귀선을 빌려줄 수 없다는 것을 확실히 못 박았다. 원균은 취하지 않았을 때는 화를 참고 있다가 취기가 돌자 발악을 하며 귀선과 거북선을 모두 내놓으라고 소리쳤다. 동석한 허정이 말리자 원균은 허정의 상투를 잡고 뺨까지 때렸다. 나는 더는 볼 수가 없어 화가 난척하며 술자리를 파했다. 방을 나서는 나에게 원균은 오늘 일을 조정에 고해 가만두지 않겠다고 했다. 실상 원균은 조정의 실권자들에게 때마다 뇌물 등을 먹여 나보다는 뒷배가 든든했다.

아홉

치
마
진

임진년 6월 2 6일부터

7월 2 0일까지

임진년
6월 26일

소문이 흉흉했다. 앞에서 말했던 와키자카 야스하루가 핵심이 되어 나를 쳐부수겠다고 호언장담을 한다는 것이다. 그는 도요토미 히데요시 최고의 장수여서 지금껏 싸운 왜적 같진 않을 것이다. 그 소문은 자연히 단에게도 전해졌다.

"왜적 최고 지휘관 와키자카 야스하루가 나를 벼르고 있는데 이녁 생각은 어떤가?"

"생각보다는 대책이 필요하겠지요."

"대책? 대책을 세운다고 그대로 이루어지진 않지."

"따라오시지요."

"어딜?"

단은 나를 데리고 닭장으로 갔다. 닭장에는 크고 작은 닭이십여 마리가 단의 인기척을 느끼고 달려왔다. 단은 닭장 앞에 마련된 닭 모이통에서 닭 모이를 한 움큼 쥐고 닭장 문을 열고 닭장 안으로 들어갔다. 손에 든 모이로 닭을 유인하자 닭들은 단에게 달려왔다. 그 순간 단이 일어서서 모이를 먹고 있는 닭들을 향해 치마를 크게 펼쳤다. 모이를 먹고 있던 닭들은 깜짝 놀라 일제히 달아났다. 그러나 닭장의 크기는 한정돼있다. 닭들이 더 달아날 곳이 없자 단을 향해 달려들거나 치마 밑으로 달아났다. 그중에는 치마 속에서 꼼작 없이 잡힌 닭도 있었다.

임진년
6월 27일

단은 어제 잡은 닭을 탕을 만들어 아침상에 올렸다.

"닭은 푹 삶기 전에 뜨거운 물에 잠깐 넣었다가 꺼내 새 물에 끓여야 잡내가 나지 않습니다."

"오! 그게 그러한가? 나는 응당 닭 비린내는 나는 것인 줄 알았는데."

"그 또한 먹을 것이 부족한 가난한 백성들은 냄새나는 닭 기름이라도 먹기 위해서 데쳐버리는 일이 없는 것이지요."

"그렇군!"

"닭 냄새를 잡기 위해선 인삼이 최고인데 가난한 백성들에게는 꿈에서나 꿀 수 있는 호사한 일이지요."

"이녁이 내게 닭 잡는 것을 보인 것은 닭 냄새를 없애기 위한 얘기를 하자고 한 것은 아니잖은가…"

"그렇습니다. 미물인 닭도 자신이 위험하다는 것을 느끼면 숨거나 달아나거나 최후에는 사람을 공격하기까지 합니다."

"그야 살아있는 것들의 본능 아닌가."

"그럼 서방님은 어떻게 그간 치렀던 전투에서 모두 이길 수가 있었는지요?"

"글쎄 그건 내 자랑 같지만 난 바다에 나가 싸우면 내가 어떻게 공격하면 적이 어떻게 도망가고 공격할지가 그냥 머리에 그려지는데 그것이 한 치의 오차도 없다는 것이 신기해."

"그렇게 신통하게 싸우시는데 주기적으로 찾아오는 지병은 어찌 생기셨나요?"

"그건 북방을 지키다 오랑캐에게 부상을 당해 생긴 지병이지."

"싸움이 머리에 그려지는 데 부상이라니요?"

"그게 이상하게도 바다에서만 그림이 그려지거든."

"그럼 지난 전투에서 서방님은 왜 부상을 당했고 우리 수군은 그리 피해가 있었는지요?"

"말했잖은가 원균을 돕다가 생긴 피해라고."

"그래서 닭장에 같이 가자고 한 겁니다."

"그래서 닭장에를…?"

"우리 수군이 앞으로 한 명도 죽지 않을 전술입니다."

"좀 알아듣게 얘기를 하게."

"닭에게 모이를 주듯 왜적을 유인합니다. 왜적이 닭의 모이를 먹듯 함정에 빠지면 치마로 감싸듯 적을 감쌉니다."

"그러면 적도 닭들처럼 우리 수군을 공격하게 될 거고 전혀 피해를 보지 않을 수는 없는 이치 아닌가?"

"그러니까 적이 공격을 할 수 없게 만들어야죠."

"어떻게?"

"다시 닭장을 같이 가 봐야 할 것 같습니다."

단이 얘기하느라 식은 닭국을 데우기 위해 쟁반에 국 대접을 올려 들고 나갔다.

난 단이 나간 방문을 바라보며 생각해봤지만, 전쟁에서 전혀 피해를 보지 않는 전술은 없다.

임진년
6월 28일

단은 똑같은 폼으로 치마를 펼쳐 닭을 공격했고 닭들은 똑같이 숨고 덤비고 피했다.

"아직도 모르시겠어요?"

"글쎄…?"

단은 다시 치마를 펼쳤다. 닭들이 미리 눈치 채고 소리도 내고 숨으려 발버둥 쳤다.

"서방님 제가 들어온 문을 여셔요."

"문을? 그럼 닭들이 다 도망가지 않아…? 아! 적이 도망가게 하고 공격하면 아군은 피해가 없겠어!"

"공을 탐내는 일진을 경상우수영이, 이진은 전라우수영이 맡고, 마지막에 전라좌수영이 배수진背水陣을 치면 우리 수군은 단 한 명도 죽지 않습니다."

난 단을 바라보며 어찌 저리 대단한 생각이 술술 나오는지 그녀의 머릿속에 들어가 헤아려보고 싶었다. 결국, 이렇게 단의 치마폭에서 나온 전술이므로 치마진으로 해야 그 명칭이 올바르다 할 것이다.

임진년
7월 1일

정보에 의하면 와키자카 야스하루가 조선 수군을 치기 위해 지휘관 회의를 개최하고 나를 칠 준비가 끝났다고 했다. 나도 손 놓고 기다릴 수는 없었다. 전라 우수사 이억기와 경상 우수사 원균에게 연락해 작전 회의를 도모했다.

이억기는 연락을 받은 즉시 전라좌수영으로 온다고 했다. 그런데 원균은 나와 이억기에게 경상우수영으로 오라고 했다.

"지금 가장 막강한 수군은 전라 좌, 우수영인데 겨우 판옥선 일곱 척을 보유한 경상우수영에서 무슨 작전 회의를 합니까!" 라고 하며 이억기가 분노했다.

나는 원균이 내게 빌려달라고 했던 귀선을 거절한 것에 대한 오기傲氣임을 잘 앎으로 이억기를 도닥거려 경상우수영으로 함께 갔다.

임진년
7월 2일

경상우수영에서 수군 지휘관 회의가 열렸다.

와키자카 야스하루는 좀 두고 봐야 한다는 적의 부장들의 만류에도 불구하고 자신의 동생 와키자카 사효에와 자신을 따르는 몇몇 수장들과 함께 부산을 향해 오고 있다고 했다. 그래서인지 회의장의 분위기는 다소 긴장되었다.

원균도 와키자카 야스하루가 향한 곳이 자신의 경상우수영의 지척이므로 잔뜩 겁을 집어먹었다.

나는 분위기를 반전시키기 위해 단이 얘기한 치마진의 이야기를 꺼냈다. 단이 했던 것처럼 모이로 적을 유인하고 치마로 닭을 감싸듯 몰고 공격을 하면 우리 수군의 피해를 최소화할 수 있다고 했다.

"그 모양은 학익진이 아닙니까?"

이억기가 학익진 전술에 관한 얘기를 처음으로 꺼냈다.

"그렇지 그게 학이 날개로 감싸는 모양이지."

"학익진은 병법에도 있습니다."

이억기가 학익진을 언급하자 모인 지휘관들이 저마다 한마디씩 하며 학익진에 관한 병법을 얘기했다. 그러나 모두의 얘기는 모두 귀에 주워들은 것으로 직접 경험한 이는 아무도 없었다.

그러나 나는 단과 닭을 실지로 몰며 익힌 얘기를 할 수는 없었다. 내가 이러한 얘기를 했다가는 모두의 웃음거리가 될 수밖에 없다. 단이 또한 아녀자의 몸으로 남정男丁들의 전쟁에 관여했으므로 전쟁이 끝나면, 아니 전쟁 중일지라도 그 죄를 물을 것이다.

그랬기에 나는 단과 닭을 상대로 습득한 치마진에 관한 얘기는 단 한마디도 꺼낼 수가 없었다.

결국 단의 치마진은 학익진으로 변모되었다.

그러나 확실히 밝히고 넘어갈 수 있는 것은 절대 내 입으로는 단 한 번도 내 전술이 학익진이라는 말을 꺼내지 않았다는 것이다.

임진년
7월 3일

야록을 적으며 내가 치마진이 학익진으로 변질하였음을 피력했으므로 단이 뭔가 자기 생각이 나올법한데 한마디도 자신의 의견을 말하지 않았다. 아마도 첩이며 관비인 자신의 처지를 너무도 잘 알지 않았을까 하는 내 생각이다.

임진년
7월 4일

　와키자카 야스하루가 세력을 모으고 부산진 앞바다에 진을 치자 원균이 전라좌수영으로 도망을 왔다. 일시에 적군이 들이닥치면 판옥선 일곱 척으로는 왜적을 막을 수가 없다고 했다. 하지만 일전에 일본군이 부산에 진을 친 것만으로도 모든 배를 침몰시키고 도망을 온 전력前歷이 있기에 나는 그가 겁을 먹고 도망 왔다는 것을 미루어 짐작할 수 있다.

임진년
7월 5일

　척후 부장 이억태가 탐색선을 타고 알아 온 적의 전기轉起는 상상 이상이었다. 적의 대장선은 우리 판옥선과 크기가 같고 일백 척이 넘는다고 했다. 중선도 백 척이 넘고 소선은 헤아릴 수 없이 많다고 했다. 그 수가 얼마나 많은지 부산 앞바다가 배로 가득해 물이 보이지 않는다고 했다.

　이억태의 말은 지휘관들의 사기를 땅에 떨어뜨렸다. 무거운 분위기를 끓어 올리기 위해서 내가 다시 치마진 얘기를 펼쳤다.

　치마진이 비록 학익진으로 변모되긴 했지만 빈틈없는 내 얘기는 충분히 회의장의 분위기를 끌어올렸다. 거기에 내가 왜적과 싸워 한 번도 지지 않았다는 것과 이억기가 귀선에 설치한 그네 포의 성능에 관해 얘기하자 마치 회의장은 이미 승리한 것 같은 분위기로 바뀌었다. 그러나 단이 말했던 닭장을 열어놓는 비결은 말하지 않았다. 그러나 모인 지휘관들은 모두 내가 말한 전술은 학익진이라 하였다. 난 굳이 반론할 필요성을 느끼지 않았다.

내가 대여섯 척의 판옥선으로 적을 유인한다고 하자 원균이 자신의 배로 적을 유인하겠다고 했다.

원균의 일곱 척의 판옥선 중에 자신이 타고 있는 대장선은 뒤로 빠지고 여섯 척을 닭 모이의 재물처럼 하여 적을 끌어들이면 전라 우수사 이억기와 우리 수군이 함께 공격을 해 적을 섬멸하자고 하였다.

누가 보아도 자신은 뒤로 빠져있고 어부지리로 큰 수확만 챙기겠다는 수작이다. 원균은 학익진마저도 자신이 고안해 낸 것처럼 떠들어댔으나 회의장에 누구 하나 그에게 동조하는 사람이 없었다.

임진년
7월 6일

단이 첫날밤 입었던 치마저고리로 곱게 차려입고 저녁 밥상을 들고 들어왔다. 그런데 놀랍게도 밥상 위에는 거북탕이 올려져 있었다.

"아니 거북이 또 알을 낳으러 뭍으로 올라왔는가?"

난 거북탕을 먹어봤기에 보는 것만으로도 거북탕임을 금방 알 수가 있다.

"식용이 가능한 바다거북은 무더위에는 산란하지 않습니다."

"먹지 못하는 거북도 있는가?"

"육식을 하는 동물을 사람이 먹을 수 없듯이 거북도 주로 해초를 먹는 거북만 식용할 수 있습니다. 잡식하는 새들도 사람이 먹지만 육식을 하는 갈매기는 냄새 때문에 먹을 수 없는 것과 같은 이치지요."

"그럼 오늘 이 거북탕은 뭔가?"

"거북이 고기를 잘게 찢어 대나무 통에 넣고 뚜껑을 닫아 간장이나 된장독에 넣어 보관하면 아무리 오래 지나도 상하지 않습니다."

"장이 들어가면 너무 짜지 않나?"

"물론 그렇지요. 하지만 부엌일을 오래 하다 보면 장이 스며들어 가지 않게 하는 일은 어렵지 않습니다."

"딴은 그렇겠군. 그런데 오늘 거북탕을 상에 올린 것에는 무슨 특별한 이유라도 있는가?"

"거북탕을 드시고 거북의 호용互用가치를 되짚어보십시오."

난 그간 거북을 보며 귀선과 거북선을 제작한 과정을 되짚어보았다. 불과 얼마 지나지 않은 세월에 수많은 변화가 있었고 난 그 변화에 잘 순응하고 있음에 새삼 놀랐다.

상을 물리자 단은 마늘을 들고 들어왔다.

"마늘 점를 치려고?"

"이처럼 중요한 전쟁에 마늘점이 빠져선 아니 되지요."

"이번 전쟁은 나 혼자 출정하지 않아. 모든 조선의 수군이 연합하는 거라고."

"그러니 더욱이 점을 쳐야지요."

"그러다 액운이라도 점쳐지면?"

"하늘님은 아무 죄도 없이 죽어간 조선 백성의 편이란 걸 확신해야죠."

그랬다. 조선 백성은 왜적에게 아무런 해를 끼치거나 잘못한 것이 없는데 그들은 쳐들어왔고 이유도 없이 조선 백성을 죽이고 귀와 코를 잘라갔다.

나는 놈들의 만행을 생각하며 이를 갈았다. 그리고 공중으로 마늘을 던졌다.

이럴 수가 있나 모든 마늘이 왼쪽으로 누웠고 이는 최고의 길조였다. 나는 너무 기뻐 단의 두 손을 잡았고 가슴에 안았다. 그리고는 이내 단이를 밀쳤다. 명목상으로 그녀는 나의 첩이지만 실상은 아니었고 대전을 코앞에 둔 상황에서 여인을 안는다는 것은 나라에 대한 불충이고 백성들에게도 전혀 착실着實하지 않았다.

임진년
7월 7일

전라도와 경상도 좌우 연합군은 경상우수영으로 모여들었다. 와키자카 야스하루의 왜군은 부산진에 진을 치고 있었다. 척후 부장 이억태의 얘기로는 지난번에 정탐한 배보다 그 수가 더 늘었다고 했다. 그러나 나는 그것은 이억태의 착각임을 확신했다. 이억태가 정탐한 탐색선은 조그만 배로 적의 배의 수를 확인할 수 없고 그 수가 얼마일지는 왜적 외에는 아무도 알 수 없다. 또한 그러한 말은 지난번처럼 아군의 사기만 떨어뜨리지 도움이 전혀 되지 않는다. 나는 이억태에게 절대 그 같은 말을 입 밖에 내서는 안 된다고 했다. 그 같은 유언비어가 새나가지 않게 척후병 입단속도 철저히 하라고 했고, 만일 그 같은 말이 퍼지면 척후 부장 이억태와 척후병을 엄벌로 다스리겠다고 했다.

임진년
7월 8일

아군과 적군은 대열을 이끌고 한산도 앞바다에서 서로 대치했다. 양군의 배의 수가 얼마나 많은지 한산도 앞바다는 물보다 배가 많을 지경이었다.

밀물의 시간을 보고 내가 진격의 북을 치게 했다.

원균의 대장선을 제외한 여섯 척의 판옥선이 허정의 지휘 아래 적진을 향해 나아갔다. 적은 미동도 없이 여섯 척의 배를 주시했다.

허정이 나와 지난 전투에서 왜적과 싸운 대로 '우현!'을 선창했고 '우현!' 재창에 의해 북꾼들이 북을 세차게 치자 뒤를 이어 꽹과리 꾼이 꽹과리를 쳤다.

그러자 판옥선이 우측으로 돌며 포를 쐈다. 동시에 적도 응수하기 시작했다. 그러나 적은 배의 숫자가 워낙 많았다. 빗

발치는 적의 포탄의 사정거리 밖에서 포를 쏜 허정이 뱃머리를 돌려 달아나기 시작했다.

승기를 잡았다고 생각한 적군은 전속력으로 모든 배를 이끌고 판옥선 여섯 척을 뒤쫓았다.

판옥선보다 훨씬 빠른 왜적의 배는 거의 왜적의 포 사정거리 안까지 허정의 배를 뒤쫓았다. 쫓느라 정신이 없었던 왜적의 배를 전라우수영 이억기의 판옥선이 양쪽에서 에워싸고 전라좌수영 쪽 넓은 바닷길로 빠지지 못하게 했다. 그러자 우리 수군은 적의 후미를 따라가는 형상이 되었다.

그때 원균의 여섯 척의 배가 양쪽으로 갈라서자 전면에서 거북선이 나타났다. 선두에 선 거북선의 양옆으로 귀선 두 척이 뒤를 따랐다. 거북선은 일각의 지체도 없이 적진으로 파고들었다. 그와 동시에 뒤따르던 귀선이 옆으로 돌며 일제히 포를 쏘기 시작했다. 여기서 우리의 포는 왜적의 포보다 사정거리가 멀었다. 적의 포는 우리 거북선이나 귀선에 미치지도 못했지만 우리 귀선 그네에 올려진 포에서 나가는 포탄은 정확하게 우리가 원하는 적의 배 심장부에 적중했다.

귀를 찢는 굉음과 함께 포격전이 이어지자 아군에게는 아무런 피해가 없는 반면 왜적의 배는 치마진으로 두러 싼 우리의 공격에 속수무책이었다. 크게 당황한 왜적은 배를 돌려 좁은 바닷길 견내량 쪽으로 달아나기 시작했다.

그러자 원균의 대장선이 앞장서서 적을 쫓기 시작했다. 달아나기 바빴던 왜적은 제대로 된 방어도 없었고 공격할 기세도 꺾였다.

그런데 완전히 포위당했다고 생각했던 왜적이 달아나려고 뒤를 보니 퇴로가 막혀있지 않고 뻥 뚫려있었다. 왜적은 뚫린 퇴로를 향해 전속력으로 도망치기 시작했다. 원균의 판옥선은 속도에서 적의 배를 따라잡을 수가 없었다.

마침 물길이 썰물로 바뀌면서 왜적의 속도는 그 배가되었다. 뒤쫓던 원균의 대장선과 이억기의 배들은 달아나는 왜적의 배를 바라만 보고 있을 수밖에 없었다.

적의 배들이 전속력으로 바닷길이 좁은 견내량으로 들어섰다. 난 왜적의 배를 감싸듯 하다가 단이 닭장의 문을 열어놓으라고 했던 방법처럼 적의 퇴로를 터주었다.

우리 배는 견내량 가장자리 물의 저항을 받지 않은 작은 섬 뒤에 숨어있었다. 그때 적의 도망 오는 배의 선두가 우리 사정권으로 들어왔다. 난 숨어있던 우리 수군에게 일제히 포 공격명령을 내렸다.

도망치기에 바빴던 적은 갑작스러운 우리의 포 공격을 받고 속수무책으로 당할 수밖에 없었다.

급물살로 인해 배를 멈출 수도 없었고 공격도 할 수가 없었다. 그 모습을 보고 공격을 포기했던 원균과 이억기가 쫓아오며 맹공을 퍼부었다.

공적을 차지하려는 원균이 자신을 따르는 여섯 척의 배를 선두에 세워 적에게 최대한 가까이 가서 공격했다.

적들도 살기 위해 마구 총을 쏴대 원균의 병사가 여럿 죽었다. 반 시진 정도 이어진 전투는 썰물이 멈추고 겨우 바닷물이 잠잠해지자 침몰하지 않은 몇 척 안 되는 적의 배는 육지쪽으로 도망갔다.

왜장 와키자카 야스하루를 생포했다거나 죽은 것을 본 수군이 없어 그는 달아난 배에 타고 육지로 도망간 것이 틀림없었다.

이렇게 한산도 싸움은 끝이 났고 원균의 병사와 이억기의 병사 몇 명인가 사상자가 있다고 했다.

그러나 우리 전라좌수영의 병사는 몇 안 되는 부상자만 있을 뿐 단 한 명도 죽은 수군이 없었다. 그 부상자라는 것도 견내량 물살에서의 배의 요동으로 우리 배들끼리 부딪쳐 생긴 부상이지 적의 공격에 의한 부상자는 아니었다.

임진년
7월 9일

"학익진에서 학의 몸통은 쏙 빠지고 날개만 남는다는 것이 말이 됩니까?"

지휘관 회의에서 원균의 목소리가 컸다.

"난 학익진의 몸통도 아니고 내 입으로 학익진이라고 말한 적이 없습니다."

"학의 날개가 감싸듯 한 전술이 학익진이 아니면 무엇이란 거요? 결국, 이수사가 퇴로를 터주는 척하며 쏙 빠져 숨어 있다가 적을 공격하는 바람에 우린 닭 쫓던 개꼴이 아니었냔 말이요!"

"모두 같이 싸워 이겼는데, 누가 어떻게 공격해 이겼는지는 따지는 것 자체가 무의미합니다."

"그래요, 원 수사님! 우린 대승을 거뒀고 누가 어떻게 공격했건 그건 의미가 없습니다."

전라 우수사 이억기가 참견했다.

"하기야 우리 경상우수영 판옥선이 맹렬히 쫓아가지 않았으면 적들 배가 그렇게 뒤엉킬 수도 없었지."

원균의 판옥선은 불과 일곱 척으로 이억기의 판옥선은 그세 배가 넘었고 거북선의 공격도 있었는데 마치 적이 원균의 공격으로 도망갔다는 듯한 말투는 정말 가소로웠다.

"저, 이렇게 크게 이겼는데 수군들 사기도 북돋울 겸 작게나마 잔치를…?"

허정이 조심스럽게 말했다.

"전쟁 중에 잔치라니!"

내 목소리가 컸다.

"이겼으니 당연히 잔치를 벌여야지!"

원균의 목소리가 더 컸다.

"원수사!"

"이수사님! 수군들 사기도 생각하셔야지요."

내가 원수사를 부르며 자리에서 일어나려 하자 옆에 앉아 있던 이억기가 팔을 잡으며 말했다.

임진년
7월 10일

    어제 오정부터 시작된 자축연은 끝이지도 않고 오늘까지 이어졌다. 수군의 수가 워낙 많았으므로 한쪽에서 먹고 마시고 떠들다 지쳐 쓰러지면 다른 쪽에서 다시 시작하는 꼬락서니가 되었다. 이 상황에 적이 쳐들어오기라도 하면 낭패여서 난 경계태세를 늦추지 않았다.

임진년
7월 11일

잔치가 사흘째가 되었다. 탐색선에 척후 부장 이억태를 태워 보내 근처 바다는 물론 부산진까지 이 잡듯 뒤졌으나 대패하고 육지로 달아난 왜적은 그 사기가 땅을 파고 들어가 버렸는지 어디에서도 찾을 수가 없었다.

임진년
7월 12일

　놀지 못하고 죽은 귀신이 붙었는지 나흘째가 되자 원균은 기생까지 불렀다. 나는 더는 그 꼴을 볼 수 없어 우리 수군에게 철수 명령을 내렸다.

　그럴 수밖에 없었던 것이 전라우수영과 경상우수영의 수군들이 어울려 먹고 마시고 놀고 있는데 우리 수군이 보초를 서고 있는 꼴이니 이 얼마나 우스운 일인가? 내가 전라좌수영으로 철수한다고 하자 나흘간 이어지던 잔치가 비로소 끝났다.

　내가 철수하자 이억기도 같이 철수했다. 판옥선 일곱 척과 중선 십여 척만 남은 원균은 그제야 잔치를 멈추고 나와 이억기에게 가지 말라고 만류했다.

　결국, 원균은 나를 믿고 잔치를 한 것이 확실했으므로 기가 찼다.

임진년
7월 13일

전라좌수영으로 돌아온 다음 날 난 우리 수군에게 미안해서 조촐하게나마 잔치를 하게 했다. 그제야 경상우수영의 잔치를 구경만 했던 우리 수군들이 환호했다. 나의 명령으로 경상우수영 잔치에 휩쓸리지 못했으니 딴은 얼마나 우리 수군도 잔치에 휩쓸리고 싶었겠는가?

나는 그들의 사기를 북돋아 주기 위해 수군들이 보는 앞에서 지휘관들과 어울려 몇 순배 술잔을 돌리고 날이 어둑해지자 숙소로 돌아왔다.

"저녁상은 준비 안 해도 되네. 내 한잔 걸쳤네."

날이 더웠으므로 서둘러 관복을 벗어 단에게 줬다.

"들었습니다. 잔치를 벌이셨다고요."

단은 머리를 올린 후에는 허드렛일 등 술청에 일절 참견치 않았다.

"우리 수군을 경상우수영 잔치에 배제시켰었거든."

"때로는 어울리게 하는 것이 옳습니다."

"모르지 않아. 그래서 오늘 잔치를 벌였고 밤새워 놀아도 참견치 않을 걸세."

"멱이라도 감으시렵니까?"

"그럴까? 체면이 있어 아무리 더워도 대리군들처럼 옷을 벗고 바닷물에 뛰어들 수도 없었거든."

따듯한 물에 몸을 담그니 기분이 날아갈 것만 같았다. 지난번처럼 시조 한가락을 읊고 싶었으나 단이 곁에 있어 참았다.

"이녁, 할 말이 있는데?"

"말씀하시어요."

난 단에게 치마진의 대승을 전하고 학익진으로 변함의 미안함을 토로했다.

"명칭이 뭐가 중요하겠어요. 이긴 것이 중요하지."

"견내량에서 우리 수군의 공격으로 적은 완전히 섬멸됐어. 내가 우리 공적이라 하지도 않았어. 그런데 원수사는 왜 그리 화를 냈을까?"

"참, 서방님은 정말 큰일만 아시는 것 같아요."

단이 머리를 감기며 말했다. 세신향이 감미로웠다.

"무슨 뜻인가?"

"적의 수급은 얼마나 챙기셨는지요?"

"물살이 거세 거의 챙기지 못했!?….

"전리품이 있어야 공적을 따질 수가 있지요."

"맙소사! 원수사가 수급을 챙기지 못해 화를 냈던 거야!"

임진년
7월 14일

내 지시가 없는데도 목수들은 부서진 판옥선을 고치고, 대장공들은 거북선과 귀선의 철갑을 분리해서 기름칠하고 있었다.

"포방은 멀쩡한가?"

"이걸 아씨의 그네 포 덕분에 실금하나 없습죠."

목수 대장 양충호가 단에게 아씨라는 극존칭을 쓰고 있다. 조선의 법도는 첩에게 씨氏라는 극존칭을 쓸 수가 없다. 그렇다고 해서 내가 쓰지 말라고 할 수도 없다. 자기들 스스로 단을 우러러봐 쓰는 것인데 이를 어찌 인위적으로 말릴 것인가. 난 양충호의 단에 대한 호칭이 불편해 대장공 대장 허장대가 있는 쪽으로 갔다.

"뱀 기름은 부족치 않은가?"

"히, 히, 요즘은 먹질 않아 남아돕죠."

지난번 사고로 인해 누구도 뱀 고기를 먹지 않았다.

"익혀 먹으면 괜찮지 않은가."

"새끼줄만 봐도 뱀 생각이나 저절로 넌더리가 나는 구마이라."

허장대는 평소엔 사투리를 쓰지 않지만, 마음이 격하거나 급할 땐 저절로 사투리가 튀어나왔다.

"헌디, 이걸 아씨는 그 쇠 조각은 워따 쓰시려고 맹글어 달라 카신규?"

목수나 대장장이나 약속이나 한 것처럼 단에게 아씨라고 했다.

"쇳조각! 무슨 쇳조각?"

"거, 있잖여요. 요만한 반달모양의 쇳조각이요."

허장대가 자신의 새끼손가락 한마디를 잡고 말했다.

임진년
7월 15일

새벽 동이 트기 전에 망궐례를 올렸다.

"한양에는 아무도 아니 계신데 망궐례는 어디다 올리시는
지요."

단이 아침 밥상을 내려놓으며 말했다.

"한양이나 평양이나 나라님이 계시긴 매한가지일세."

"믿는 도끼에 발등이 찍히면 더 아픕니다."

단은 조정 대신들이 나라님과 몽진하자, 말에 거침이 없다.

"가서 마늘 좀 가지고 오게."

나는 단의 말을 막으려고 말했다.

"왜? 찬이 맘에 안 드십니까? 된장에 담근 마늘종(쫑)이라
도 내 올까요?"

"먹으려고 하는 게 아니고 점을 치려는 걸세."

"이, 아침에요?"

"왜? 아침에 점을 치면 안 되는가?"

단이 고개를 갸우뚱하며 나갔다.

"허! 거, 이상하기도 하군…?"

난 바닥에 떨어져 제멋대로 흩어진 마늘쪽을 보며 말했다.

"오늘 내 운이 왜 이리 들쑥날쑥한고?"

"밤에 치지 않고 아침에 점을 치니 그렇지요."

"마늘쪽 속에 쇳조각을 넣어 무거운 쪽으로 넘어져야 운세가 대길이지!"

단이 황급히 무릎을 꿇고 머리를 조아렸다.

"그때는 적장 와키자카 야스하루가 대군을 이끌고 서방님과 일전을 벼르고 있을 때입니다. 점이라도 길조여야 할 것 같아, 얕은꾀인지는 알았지만, 서방님께 도움이 된다면… 더한 짓도, 죄송합니다."

고개를 숙인 단이 눈물을 떨구었다. 그 눈물의 양이 얼마나 많은지 금방 방바닥을 적시고 흐를 정도였다.

"내, 내가, 이녁을 탓하려는 것이 아니었네. 뜻이 하도 대견해 뭔가 포상을 하려던 것인데, 그전에 장난을 좀 한 것이네."

내가 당황하여 단의 양 뺨을 급히 잡고 들었다.

"이녁도 장난 좀 쳤습니다."

단이 고개를 들고 웃으며 말했다. 여전히 눈가에는 눈물이

<u>흐르고</u> 있다.

"장난! 그럼 이 눈물은 무엇인가?"

난 눈가의 눈물을 보며 말했다.

"그랬기에 서방님이 이처럼 당황하셨지요."

"그 짧은 시간에 눈물도 가짜로 흘린단 말인가?"

"이녁은 이기기 위해서는 수단과 방법을 가리지 않습니다."

이제 단에 대한 내 생각은 신기함을 넘어 경외심에 가까웠다.

임진년
7월 16일

왜적은 부산진 남쪽에 다시 자리 잡았다. 그 수가 우리가 견내량에서 쳐부순 수보다 많다고 했다. 아마도 왜적의 본국에서 급조한 배거나 와키자카 야스하루를 따르지 않았던 다른 적장의 배일 것이다. 원균은 상황이 다급하다는 공문을 조석朝夕으로 보내왔다. 공문은 전라우수영에도 보냈는지 우수영의 이억기가 온다고 해 바닷바람도 맞을 겸 나와 있다.

"서방님 예서 무엇을 하십니까?"

돌아보니 단이 십여 보 밖에서 여러 명의 목수들과 나를 향해 오고 있다.

"전라 우수사가 온다고 하여 기다리는 중일세. 헌데 이걸은 어찌한 일인가?"

단을 뒤따르는 목수들이 제법 부피가 큰 대나무 묶음과 연

장통을 들고 있다. 삽을 들고 있는 목수들도 있다.

"물고기를 잡으려고요."

단이 목수들이 들고 있는 대나무단을 가리켰다.

"대나무로 물고기를 잡는다고?"

난 대나무로 물고기를 잡는다는 말에 의아했다. 하지만 단은 항상 상상을 초월했고, 이제는 대나무로 그물을 만든다 해도 이상할 것이 없다.

"물이 들어오기 전에 만들어야 하니까 갑니다."

단이 서둘러 목수들을 데리고 바닷가로 갔다.

임진년
7월 17일

어젯밤 늦게까지 객사에서 이억기와 담화했다. 담화 중간에 점례가 주안상을 내왔다. 안주가 문어였는데 갓 잡은 문어여서 싱싱했다.

"어젯밤 문어 안주가 대나무 그물로 잡은 것인가?"

난 아침 밥상을 가지고 들어온 단에게 물었다. 밥상이 이름도 모를 물고기도 있고 풍성했다.

"무슨 대나무로 그물을 만듭니까."

"어제 분명 대나무로 물고기를 잡는다고 하지 않았나?"

"물고기는 그물로만 잡는 것이 아니죠."

"허면 대나무 작살이라도 만든 것인가?"

"대나무를 네 조각으로 잘라 동그란 부분이 뭍을 향하게 모래에 촘촘히 박습니다. 세자쯤 벌리고 다시 대나무를 같은 방향으로 똑같이 박습니다. 그리고 대나무 사이를 돌로 채웁니다. 아래쪽에 큰 돌, 위로 올라가며 점점 작은 돌로 채웁니다. 그리고 뭍으로 열자 쯤 떨어뜨려 삽으로 웅덩이를 파 대나무 쪽으로 쌓습니다. 밑에는 돌로 쌓는 것이 좋지요. 돌과 모래를 대나무 쪽으로 쌓는 것은 모래에 박힌 대나무가 쓰러지지 않아야 하기 때문입니다.

밀물이 되면 물고기도 같이 들어오는데 물이 서서히 빠지는 썰물 때 미처 빠져나가지 못해 웅덩이에 갇힌 물고기를 그냥 주우면 됩니다.”

“그 물고기 사냥법은 어찌 안 건가?”

“가끔 모래사장을 걷다 보면 모래웅덩이에 갇힌 물고기가 눈에 띄지요. 그걸 지나치지 않은 것뿐입니다.”

임진년
7월 18일

"거짓입니다."

나는 이억기와 출정하기로 했다. 단에게 말하자 단이 거짓이라 했다.

"무엇이 말인가?"

"부산진에 그렇게 많은 왜적의 배가 있을 수가 없습니다."

꼭 가보기라도 한 것처럼 단은 단호했다.

"왜 그런 말을 하는가?"

"전라 우수사와 출정을 상의하는 것만으로도 서방님은 이틀을 소비했습니다."

"적을 상대할 전쟁인데 당연하지."

"견내량에서 대패한 적국에서 대규모 출정을 도모하는데 상의도 없었다고요?"

견내량에서 참패한 적군이 패전 소식을 알리는 것만으로도 이틀은 족히 걸린다. 회의를 거쳐 대규모 파병을 도모하고 결정하는데 최소한 닷새는 잡아야 한다. 그리고 그들의 대규모 선단이 우리 해역까지 오려면 최소한 또 닷새를 잡아야 한다. 그래서 부산진에 대규모 적군이 있기는 불가능하다. 또한, 견내량 전투에서 적의 배가 거의 소실되었기 때문에 지금 그렇게 많은 적의 배는 부산진에 있을 수가 없다.

"지금 당장 이부장이 탐색선을 끌고 부산진을 다녀오게."

나는 척후 부장 이억태에게 부산진으로 가서 적의 동태를 탐색해오라고 지시했다.

탐색하고 돌아온 이억태가 보고하길 적의 배는 몇 척 되지 않고 배에는 사람이 없는 것 같다고 했다.

임진년
7월 19일

난 전라우수영에 출정 보류 공문을 보냈다. 원균의 거짓을
굳이 알릴 필요가 없어 그냥 출정은 시기상조라고 했다.

임진년
7월 20일

"이녁 사람을 놀라게 할 일이 있으면 지금 다 털어놓게. 이젠 이녁을 보면 또 무슨 일로 날 놀라게 할지 조마조마해."

난 야록을 적고 있는 단에게 엄살했다.

"그럼 이녁이랑 장기 한판 두셔요."

"장기도 둘 줄 아는가?"

단이 서기를 미루고 이불장 문을 열고 바닥에 있는 장기판을 꺼내왔다.

홍漢을 쥔 나는 마와 상의 위치가 각기 다른 원앙마 포진을 쳤고 청楚을 쥔 단은 양상象을 차 옆에 붙인 면상 포진을 택했다.

"호! 면상 장기를?"

면상장기面象將棋는 장기의 고수가 택하는 포진으로 선수를 쥔 청이 유리하다. 그만큼 단이 장기를 잘 둔다는 뜻이기도 하다. 하지만 나도 장기를 둬 진 적이 거의 없다.

생각대로 단의 선수는 면상장기의 기본인 가운데 졸卒을 한 칸 올렸다. 그에 맞춰 난 상象이 원활이 나갈 수 있게 차 앞의 병兵을 가운데 쪽으로 옮겼다.

"뭐야 그 장기는?"

내 예상을 깨고 단이 상象을 들어 졸卒이 있는 선으로 올렸다. 단의 장기 알 배열을 자세히 보니 면상장기가 아니었다. 양상象을 차車 옆에 두는 장기는 지금껏 보도듣도 못한 장기다. 생각해보니 면상장기도 원앙마 포진이어야 한다.

"한 쪽 상을 잘못 놓은 것 같은데 지금이라도 제대로 놓게."

난 단이 장기 알을 잘못 놨다고 생각했다.

"면상장기가 아니고 양상장기입니다."

"양상장기! 그런 장기도 있나?"

"장기판에서 말과 상은 그 위치를 마음껏 바꿀 수가 있으니까요."

언뜻 생각해보니 누군가에게 양상을 활용하는 장기가 있다는 말을 들은 적이 있었다. 하지만 같이 상대해 둬보기는 이번이 첨이다.

"져, 졌네!"

상과 포를 이용한 단의 양상장기는 장기판 위를 펄펄 날았다. 내 장기는 힘 한 번 제대로 써보지도 못하고 궤멸했다.

"다음번에는 바둑도 한번 두셔요."

단이 장기판을 이불장으로 가지고 가며 말했다.

"장기는 갑자기 왜 두자고 했나?"

"서방님은 장기를 왜 지셨는지요?"

단이 장기판을 넣고 이불장 문을 닫고 와 되물었다

"그거야 생전 처음 대하는 장기라 생소해서…!?"

"그렇습니다. 왜적에게도 매번 놈들이 겪지 못했던 공격을 해보셔요. 백전백승입니다."

"아!"

난 단을 보며 형수(신사임당)님보다 더 대단한 여걸이라 확신했다.

〈제1권 끝〉

이순신 장군은 우리나라 역사에서 가장 위대한 영웅 중 한 명으로 평가받고 있다. 그의 위대함은 여러 업적에서 드러나는데 군사적 업적으로는 임진왜란 동안 열악한 조선 수군을 이끌며 일본군을 상대로 한산대첩, 명량해전, 노량해전 등 전투에서 전략적 능력과 뛰어난 용기로 23전 23승이라는 전설적인 전적을 기록했다.

부하들에게 신뢰와 존경을 받으며 어려운 상황에서도 흔들리지 않는 리더십은 탁월한 전략, 불굴의 정신, 공정한 인사. 솔선수범하는 책임감을 지닌 인물이었다.

또한 청렴함으로 개인의 이익보다 국가와 민족의 이익을 우선시했기에 그의 말과 행동은 많은 사람들에게 귀감이 되었다.

오늘 날 그의 업적은 국내뿐만 아니라 국제적으로도 높이 평가받고 있다. 영국의 넬슨 제독과 일본의 사토 데스타로 등 여러 외국의 군사전문가들도 이순신 장군의 전략적 능력과 인격을 높이 평가하며 연구를 할 정도이다.

이 소설 난중야록은 영웅 이순신의 일기를 토대로 저자가 자신의 어머니로부터 구전으로 전해 들어왔던 이야기들을 참고하며 엮었다. 세상에 알려지지 않은 야록野錄을 밤夜에 쓰는 일기 형식의 소설로 이순신을 그려내고 있다.

동서고금의 영웅들에게는 뒤에 위대한 여인들이 있었듯 영웅 이순신에게도 어머니 외에 어떤 여인의 조력이 있었을 거라는 상상력을 품을 수 있다. 이 소설에 등장하는 여주인공 '단이'가 바로 그림자 같은 존재다.

이순신을 내조하며 영웅으로 조각해 가는 이야기가 경이로울 정도로 재미와 함께 조선 시대를 움직여 온 그 어떤 위대한 여인들도 견줄 수 없는 불세출의 여인이다.

저자는 이 소설 집필을 위해 오랫동안 난중일기와 역사에 기록되어 있는 전적지, 장소들을 답사하며 자료를 수집하고 작가의 상상력을 가미하였다.

본 작품의 초기 진행과정부터 함께 의견을 나누며 감수를 해 온
입장에서 볼 때 기존에 출간 된 이순신 장군에 대한 여러 저작물들
과는 차원이 다르다.

야록으로서 삶속에 드러나는 인간적인 면의 영웅 이순신과 감
탄해 마지않을 매력을 뿜어내는 위대한 여인 단이의 존재를 발견
하게 될 것이다.

감수인 안철주

◆ 편저자 제적 등본·가족관계증명서

제적등본

본 적	충청남도 천안시 동남구 광덕면 무학리 84번지
호적편제	[편제일] 1979년 08월 16일
호적재제	[재제일] 1997년 08월 02일 [재제사유] 멸실우려(전산화)
전산이기	[이기일] 2002년 06월 17일 [이기사유] 호적법시행규칙 부칙 제2조제1항
호적말소	[말소일] 2008년 01월 01일 [말소사유] 법률 제8435호에 의하여 말소
호적정정	[구의설치일] 2008년 06월 23일 [정정내용] 본적란 중 충청남도 천안시를 충청남도 천안시 동남구로 경정

전호주와의 관계					전호적	천원군 광덕면 무학리 84번지 호주 조영회
부	조정회	성	남	본		
모	이순열	별		漢陽	입 적 또 는 신호적	
호주	조강태(趙康泰) 제적				출 생	서기 1955년 04월 16일
					주민등록 번 호	
출생	[출생장소] 서울특별시 성북구 정능동 산72번지 [신고일] 1961년 09월 30일 　　　　[신고인] 부					
혼인	[혼인신고일] 1979년 08월 16일 [배우자] 이창순 [법정분가일] 1979년 08월 16일					

공 란

발행번호 : 0114-2102-5307-2223

1 / 3

가족관계증명서(상세)

등록기준지	충청남도 천안시 동남구 광덕면 무학리 84번지

구분	성 명	출생연월일	주민등록번호	성별	본
본인	조강태(趙康泰)	1955년 04월 16일	██████-███████	남	漢陽

가족사항

구분	성 명	출생연월일	주민등록번호	성별	본
부	조정희			남	
모	이순열			여	
자녀	조██	██년 ██월 ██일		여	漢陽
자녀	조██	██년 ██월 ██일		남	漢陽

위 가족관계증명서(상세)는 가족관계등록부의 기록사항과 틀림없음을 증명합니다.

2025년 02월 20일

인천광역시 서구청장 강범석

※ 위 증명서는 「가족관계의 등록 등에 관한 법률」 제15조제3항에 따른 등록사항을 현출한 상세증명서입니다.

발급시각 : 12시 55분
발급담당자 : 이한나
☎ : 032-718-5509
신청인 : 조강태

0086S
서구
면제
2025.2.20
ARD004
중지발행시각: 12:56:13.055

인천광역시 서구청장
(수입증지가 인영이 되지 아니한 증명은 그 효력을 보증할 수 없습니다.)

1 / 1

발행번호 : 4151-2503-5906-2923
※ 전자가족관계등록시스템(https://efamily.scourt.go.kr)의 증명서 진위확인 메뉴에서 발급일부터 3개월까지 위변조 여부를 확인할 수 있습니다.

충청남도 천안시 동남구 광덕면 무학리 84번지
조강선

부	이종인	성	여	본	전호적	아산군 염치면 백암리 359번지
모	채인석	별		德水		호주 이우열

모	이순열(李順烈) 말소				입 적 또 는 신호적	
					출 생	서기 1925년 08월 09일
					주민등록 번 호	

출생	[출생장소] 아산군 염치면 백암리 388번지
	[신고일] 1925년 08월 19일　　　[신고인] 부
혼인	[혼인신고일] 1993년 07월 19일
	[배우자] 조정희
기타	[배우자의사망일] 1993년 07월 07일
	[배우자] 조정희
말소	[직권정정허가일] 1993년 09월 27일
	[허가법원] 대전지방법원 천안지원
	[정정내용] 혼인무효말소
	[말소일] 1993년 10월 02일

부	박홍주	성	여	본	전호적	전라남도 승주군 서면 신평리
모	한명심	별		密陽		409번지 호주 박성욱

처	박 제적				입 적 또 는 신호적	
					출 생	서기　년　월　일
					주민등록 번 호	

혼인	[혼인신고일] 1977년 06월 23일
	[배우자] 조강선
사망	[사망일시] 2000년 06월 23일 01시 35분
	[사망장소] 서울특별시 서대문구 신촌동 134번지
	[신고일] 2000년 06월 27일

※ 전자가족관계등록시스템(https://efamily.scourt.go.kr)의 증명서 진위확인 메뉴에서 발급일부터 3개월까지 위변조 여부를 확인할 수 있습니다.

이순신 밤에 쓴 일기
난중야록 ❶

초판 인쇄 2025년 4월 5일
초판 발행 2025년 4월 10일

편저자 조강태
펴낸이 김상철
발행처 스타북스
등록번호 제300-2006-00104호
주소 서울시 종로구 종로 19 르메이에르종로타운 A동 907호
전화 02) 735-1312
팩스 02) 735-5501
이메일 starbooks22@naver.com

ISBN 979-11-5795-769-9 04810
979-11-5795-768-2 (세트)

ⓒ 2025 Starbooks Inc.
Printed in Seoul, Korea